Respete el derecho de autor.
No fotocopie esta obra.

CeMPro

# CUENTERO
## VALENTÍN RINCÓN

PRIMERA EDICIÓN: PRODUCCIONES SIN SENTIDO COMÚN, 2015

D.R. © 2015, PRODUCCIONES SIN SENTIDO COMÚN, S.A. DE C.V.
        AVENIDA REVOLUCIÓN 1181, PISO 7,
        COLONIA MERCED GÓMEZ,
        03930, MÉXICO, D.F.

TEXTO © VALENTÍN RINCÓN
ILUSTRACIONES © ALEJANDRO MAGALLANES

ISBN: 978-607-8237-95-1

IMPRESO EN MÉXICO

# CUEN TERO

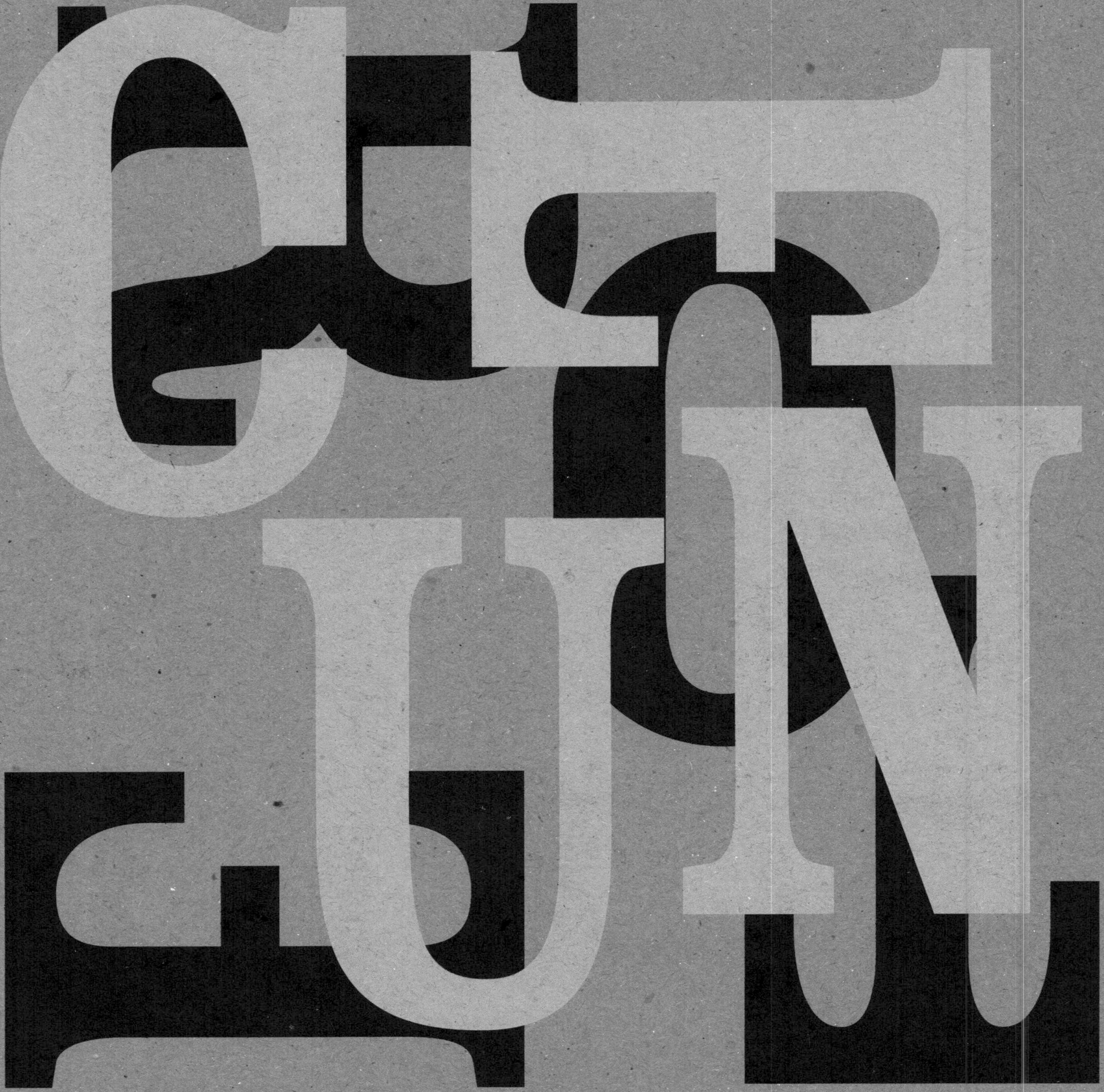

LIBRO
DE
HUMOR
NEGRO

SELECCIÓN DE VALENTÍN RINCÓN

ILUSTRACIONES DE ALEJANDRO MAGALLANES

NOS
TRA
EDICIONES

# ÍNDICE

# INTRODUCCIÓN

**A**sí como Sheherezada le contaba cuentos al rey Schahriar y, para salvar su vida, pretendía que el rey estuviera siempre interesado y quisiera escuchar más y más, así yo deseo atrapar tu interés y que quieras leer más y más. Aunque no te voy a contar mil y un cuentos ni peligra mi vida, te ofrezco unas cuantas narraciones con mi deseo de que te diviertan y cautiven.

¿Que quiénes las escribieron...? Ahora verás:

Gilda Rincón, que, allá en Tuxtla (Chiapas), vive entre amigos, parientes, flores, paisajes, pájaros, abejas y otros seres fantásticos. ¡Ah!, y que también pinta cuadros y escribe poemas y cuentos.

Roxanna Erdman, que ha obtenido premios de Periodismo por la Infancia y que anima a muchos niños para que escriban cuentos como también ella los escribe.

**Raymundo Zenteno**, quien, desde la montaña con niebla donde está Radio Ombligo, aparte de transmitir sus programas juguetones, se da tiempo para escribir cuentos, donde los personajes –casi todos niños– hablan con las palabras y con el cantadito que son propios de aquellos lugares, y así, esas historias se convierten en cuentos con música.

**Valentín Rincón**, que entrevera su hacer canciones con su escribir adivinanzas, acertijos, leyendas y cuentos.

**Rocío Sanz**, que hace varias décadas, cuando vivía, tenía un programa radiofónico que se llamaba *El rincón de los niños*. Este programa gustaba mucho a chicos y a grandes; tanto, que duró veinte años transmitiéndose. También hacía música, canciones y, por supuesto, cuentos.

Valeria Mendoza Huerta, joven bióloga, que gusta de contarnos sus vivencias llenas de aventuras.

¿Que quién hizo los dibujos...? ¡Aah...!

Alejandro Magallanes, a quien le gusta mucho enriquecer los cuentos para niños con sus ilustraciones.

¡... y va de cuento!

CUE

Y RE

TOS
ATOS

SELECCIÓN DE VALENTÍN RINCÓN

# PERRO BILINGÜE

## GILDA RINCÓN

**F**ue en San Juan Chamula. Visitábamos el lugar, que es un pueblecito habitado por indígenas tzotziles. Entablamos plática con una linda niña que salía por la puerta de su casa minúscula, y que, aunque acostumbrada, como todos allí, a su lengua nativa, sabe hablar un español rudimentario, y lleva, según nos informó, el inesperado nombre de Fabiola. Fabiola Yaxté. ¿Saben? Yaxté quiere decir "Ceiba", o pochota, como le decimos acá.

Cerca de la choza dormitaba un perrazo negro y peludo. Le preguntamos a la niña qué comía el perro y nos dijo:

—Seis tortía.

De pronto ella, en su lengua, se dirigió al perro, y éste alzó la cabeza, irguió las orejas y, levantándose como un rayo, echó a correr hacia el camino vecinal.

—¿Qué le dijiste? –preguntamos a la muchachita.

—Que allá viene el tata, que vaya a encontrarlo –y sí, por allá se divisaba un viejecito que venía, y el perro lo fue a alcanzar y le hacía fiestas.

—Sorprendente –exclamamos–. Cómo entiende tu lengua.

—También sabe un poco de español –nos presumió Fabiola.

# GATO A LA MODA

## ROXANNA ERDMAN

**M**ax tiene un gato. Es amarillo con rayas, como tigre, aunque mucho más chico que un tigre y como deslavado, porque las rayas apenas se le notan.

A Max le gusta jugar con el gato y rascarle detrás de las orejas para oírlo ronronear. Le parece que suena como si echara a andar un motor, un motor que no debe servir para nada, porque cuando se enciende el gato no sale corriendo ni vuela ni poda el pasto.

El gato duerme la siesta en el sillón. Papá y el gato comparten el gusto por el mismo sillón. Cuando papá está en el trabajo, el gato se convierte en un cojín amarillo en su sillón favorito. Cuando regresa, el cojín vuelve a tomar forma de gato, se estira y le cede el asiento para que lea el periódico.

Una tarde, cuando es el turno de papá en el sillón, Max lo escucha refunfuñar: "A ver cuándo acaba de mudar pelo ese gato".

"¿Adónde se van a mudar los pelos del gato?", Max le pregunta a su mamá. Ella dice que cada temporada, cuando cambia el clima, los gatos estrenan pelaje.

Es como cambiar el abrigo por una camiseta, y luego la camiseta por un suéter.

Max se imagina al gato con suéter. Un suéter hecho de pelo de gato, con grecas en la pechera... no, con grecas en el lomo y los puños. ¿Los suéteres de gato tienen cuatro mangas? Max sólo lo ha visto con el modelo para el frío, de manga larga y esponjado. El gato llegó amarillo como las hojas secas. Era otoño. Le dieron leche tibia y se quedó, amarillo.

¿Cómo le habrá hecho para ponerse el suéter sin jalar los hilos? Max ha visto que cada vez que se estira, el gato saca las uñas. Y es imposible ponerse un suéter sin estirarse...

¡Qué bueno que el gato pueda cambiar de pelaje! Así podrá seguir durmiendo tumbado en el sol sin preocuparse. ¿Cómo será el traje de verano? ¿Mangas cortas?, ¿colores alegres? Max se emociona. ¡Qué tal azul, como el cielo! O verde como la hierba tierna, con los bigotes rosados para olfatear de incógnito las petunias.

Con un diseño vibrante, en negro y naranja, podría revolotear tras las mariposas.

Si fuera blanco, dormiría la siesta en el corredor, arrullado por el perfume de las gardenias. Aunque le gustaría verlo a cuadros, rojos y lilas, como mantel de picnic.

Y si escogiera dorado, hasta podría nadar con los peces en el estanque.

Si prefiriera un estampado de flores –o quizá de rayas, o, por qué no, de cerezas maduras–, cualquiera que lo viera sabría que el gato celebra la llegada de la primavera.

Max espera con paciencia a que el gato mude de pelo. Ahora que empieza a hacer calor, cada que lo mira le parece adivinar el color que ha elegido: amarillo verano, como girasol.

# ALIS Y AIDÉE

## GILDA RINCÓN

**A**lis es la niña nueva en el salón de tercer año. Acaba de mudarse con sus padres a esta ciudad y, tímida de por sí, no tiene amigas, se siente sola y extraña entre las otras niñas, que la observan y comentan quedito.

Para hacerla sentir bien, sus papás le dieron una mochila nueva, y su tía le regaló una muñeca pequeñita, de celuloide, que fue de ella desde que era niña. Alis le puso Aidée, porque así se llama la amiguita querida que dejó en la otra ciudad, en la otra escuela. Y para sentirse acompañada, la lleva a esta escuela nueva, escondida en la mochila, porque no quiere que las compañeritas la vean.

A mitad de la clase, para darse valor, mete la mano en la mochila y toca los brazos, las piernas suaves de la muñeca, y ese tacto familiar la consuela. Y da en platicar con ella, en silencio, sin mover los labios:

—¿Ya te fijaste, Aidée, que esa niña pecosa se puso un calcetín de uno y otro de otro?

—Sí –imagina que le contesta la muñeca–, seguro no apareció el compañero –y a Alis una sonrisa divertida le ilumina la cara.

La maestra escribe en el pizarrón.

—Copien estas sumas y resuélvanlas en lo que regreso –dice, y sale del salón.

—A ver, Aidée –dialoga Alis en silencio–, ¿siete más ocho...? Sí, tienes razón, son quince.

—Cinco y llevamos uno... Correcto.

—¿Uno más nueve...?

Así transcurre la mañana.

Las mañanas se suceden y se convierten en semanas. Alis no tiene más amiga que la muñeca escondida en la mochila.

Para las otras niñas, Alis es la niña rica que no les habla *porque se cree mucho* y ellas tampoco la buscan.

Para agravar la situación, Alis siempre hace la tarea, Alis saca buenas notas, Alis vive en la casa bonita que da al parque. Y, ¿qué hurga siempre en su mochila? No es una torta a la que le saque pedacitos para llevárselos a la boca, porque su mano siempre sale vacía.

Intrigadas, las niñas discurren investigar, y esperan a que Alis no esté para espiar en su mochila.

La ocasión se presenta un día, a la hora del recreo, en que las maestras entran a una junta.

Micaela, la más audaz, o tal vez la más curiosa, se escurre hasta el salón, abre la mochila de Alis y descubre la muñequita, la toma y, escondida en la blusa, la lleva a enseñar a sus amigas, que se cierran en apretado corro a examinar el trofeo.

Fácil fue tomar la muñeca, pero ahora, ¿cómo devolverla sin que se descubra el hurto? Han tocado la campana y las alumnas se forman en sus filas para volver a los salones.

Nadie quiere tener en sus manos la muñeca, y se la pasan una a otra como papa caliente. A fuerza se la quieren poner en la mano a Micaela y, como ella no la toma, la muñequita cae al suelo.

Alis la ve, se abalanza a recoger su tesoro, ve si no se ha hecho daño y las mira sin entender.

Se ha roto la fila, los otros grupos ya avanzaron, y la maestra acude a ver qué está pasando.

Alis, con los ojos azorados, le muestra la muñeca.

Micaela, afligida, hace pucheros.

Al verla, Alis empieza a adivinar.

La maestra, que sabe leer en el corazón de sus alumnas, también comienza a darse cuenta del pequeño drama que ocurre.

—Vamos al salón –dice severa. Avanzan. En el trayecto, Alis estrecha en sus manos la muñeca y le dice en silencio:

—No tengas miedo, Aidée, vas a ver que las van a castigar por haberte robado.

—Y a Micaela la van a expulsar del colegio –*contesta* la muñeca.

—Y su mamá la va a regañar. Pobre Micaela, qué mal le va a ir –se compadece Alis.

En eso ya están en el salón.

La maestra espera a que se sienten. Se le ve disgustada:

—A ver, hijas mías, ¿qué pasa aquí? Micaela, ¿tomaste tú la muñeca de Alis? ¿Sabes que eso es robar?

—No, maestra, yo se la presté –casi grita Alis, en un impulso.

Las dos niñas están sofocadas. ¿Y Aidée? Como que sonríe apretujada en las manos sudorosas de su dueña.

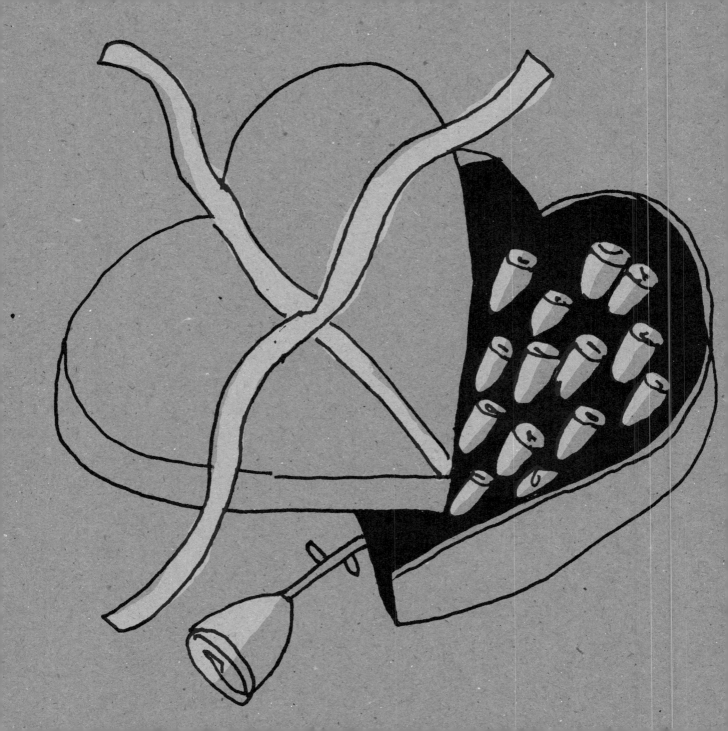

# ROSAS ENVINADAS

## RAYMUNDO ZENTENO

**D**e saber los lutos que iba a pasar Juanliévano mejor se hubiera puesto una ropa más seria, no tan alegre como la camisa azul cielo de rayas blancas que traía como compañera de su pantalón gringo de mezclilla.

—De haber sabido mi sufrir, otra cosa me hubiera puesto –dijo, al mismo tiempo que se sentaba en una banca del parque.

Los zanates regresaban bulliciosos a sus nidos donde los esperaban sus siempre hambrientos pollos. Los niños de la escuela primaria jugaban futbol con gritería en una cancha con fuente enmedio. Una señora, a dos bancas de Juanliévano, le decía a su recién nacido que ya, que por qué tanto dolor, que por qué tanto llanto.

Ni de estas cosas, ni de Monchete, que se sentó a su lado, se daba cuenta Juanliévano, porque estaba revisando la herida de amor que le hizo la que fuera su novia hasta hacía veinte minutos apenas.

—¿Qué haré ahora de mi vida, con este dolor, en el momento que más feliz me sentía? Ay, Dios… –dijo, y siguió suspirando con la vista detenida sobre una cáscara de mango, y con las manos agarradas a un paquete con moño que ya no le dio tiempo de regalar con cariño.

Monchete apretaba hasta el fondo el acelerador de un avión cuete paluepaleta, para llamar la atención de Juanliévano, pero el doliente no estaba para juegos, y menos para atender niños pelones, en este caso descalzo y con agujerito en la nalga derecha del pantalón, accidente que se hizo con una púa de alambre la última vez que fue a cortar guayabas a un patio que se veía desde su casa.

—¡Aquí vamos cruzando los espacios altitudes, venciendo los táculos enemigos, juiz-juiz, catabrups, pushssss...! —decía Monchete con las manos, pero se le fue acabando el combustible de su ánimo hasta que su nave terminó por aterrizar. Y estaba aburrido cuando se acordó de que tenía en su bolsa izquierda una paleta de chicle. La fue desenvolviendo poco a poco con el mayor ruido posible. La olió hondo diciendo "Mmh", y luego le hizo así con ojos, lengua y labios, con tal de distraer a Juanliévano.

—De qué sirvieron tantos besos y tantas palabras y tantos minutos alegres para que de pronto, taz, te digan que aquí se acabó todo sin darte ninguna explicación...

¿Y cuál remedio encontrar para estos males que se avienen de repente? –palabras así salían del pensamiento adolorido de Juanliévano, pero sus frases eran interrumpidas por los gestos que Monchete hacía frente a su paleta.

—Este canijo pelón no me deja pensar a gusto desde hace rato, y se me hace que lo está haciendo a propósito porque ni caso le hago. Pero me lo vua fregar.

Juanliévano se recargó en la banca, puso cara de disimulo y empezó a darle vueltas a su paquete como buscándole algo. Le quitó el moño. Monchete aquietó su paleta. Juanliévano levantó la tapa y aparecieron unas rosas de chocolate. Acercó la caja a su nariz; Monchete soltó una risita amistosa. Juanliévano sacó una rosa con cuidado y al partirla a la mitad escurrió un jugo que se fue estirando lento, lento, hasta llegar a sus labios. Juanliévano abría la boca y Monchete abría la suya, echando babita de antojo. Luego sacó una cereza, le chupó el néctar con la lengua y la volvió a meter en el pocito de la rosa.

—¡Que ni crea que quiero chocolates, que a lo mejor han de estar bien amargos con veneno para niños, porque ni siquiera se me antojan, y es malo para los dientes nuevos comer tanto dulce... –pensaba Monchete, y mejor se puso a rascarse una comezón de zancudo que tenía abajo del sobaco. Juanliévano dejó la cereza de postre, se la comió poco a poco, respiró hondo y, volteando rápido, sorprendió con su mirada la mirada boquiabierta del niño.

—¿Querés un chocolate, vos?

—¿Qué...?

—Tené... Comete un chocolate.

—No, gracias.

—¿No querés...? Están bien sabrosos, agarrá uno.

—¿Y de qués esa bolita? –dijo Monchete con el dedo.

—Es de cereza.

—Y esa agüita, ¿de qué es, pue?

—Es licor con miel de cereza.

—¡Ah...! ¿Y si me emborracho si me lo como?

—Cómo vas a creer, si tiene muy poquito trago.

—Hagamos cambio, pue: yo le doy mi paleta de chicle y usté me da un chocolate.

—Bueno...

Monchete se comió media docena de rosas mientras platicaba entre verdades y mentiras quién sabe qué tanto; dijo que al otro día iba a llevar unas guayabas bien grandes y bien dulces. Juanliévano chupó su paleta y escuchó todo con los ojos llenos de risas. Cuando ya estaba oscuro, se despidieron. Monchete se fue a su casa borracho de empalago; Juanliévano caminó por una calle enlodada masticando lento la noche. Una nube no le dejaba ver la llenura de la luna.

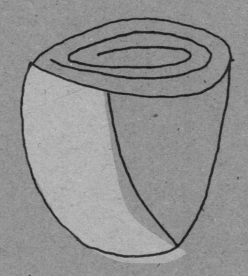

# EL PROFESOR GALICIA

## GILDA RINCÓN

**P**ues ahí tienen que estábamos en la Facultad de Ciencias de la UNAM, uno de tantos días.

—Profesor –dijo Eligio, el intendente, al profesor Galicia–, yo no soy chismoso, pero usted es una buena persona y ya me colmó el plato que el Jonás le tome el pelo.

—Por qué pues, Eligio –dijo el profesor quitándose los anteojos de *fondo de botella*.

—Mire, profesor, todos nos damos cuenta de que el Jonás le saca la lana, con el pretexto de que tiene un niño malo y que necesita llevarlo al doctor, y luego que para los análisis, y que para las medicinas, y que cómo está de grave su chavito, y que si parece que es leucemia, o que puede que sea anemia, y usted le da dinero y, ¿sabe qué? Que ni hijos tiene el Jonás, y no es justo que se aproveche de usted.

—Ay, Eligio, qué me cuenta. ¿Seguro que es mentira que Jonás tiene un hijo muy enfermo?

—Seguro, profesor, yo lo conozco. No tiene ningún niño, nomás le gusta vivir de gorra.

—Pues Eligio, si no hay un niño que se está muriendo, es la noticia más buena que me han dado en estos días.

Así es el profesor…

# HELGA Y LAS CIGÜEÑAS

## VALENTÍN RINCÓN

Tengo una amiga en Alemania. Se llama Helga y tiene siete años.

Un día, Helga y su familia se fueron a vivir a una casa de tres pisos. Desde su cuarto, que estaba en el último piso, se veían árboles, jardines, tejados y hasta el campanario de una iglesia. Ese día Helga conoció de cerca las cigüeñas. Antes, sólo las había visto volando en bandadas.

También había oído a su abuelo contar algunas leyendas acerca de ellas. Pero ahora, desde la ventana de su recámara, las podía ver arreglando sus grandes nidos o dando de comer a sus polluelos.

Cerca de la casa de Helga había un lago, y a la orilla de éste un árbol grande y frondoso se destacaba de los demás. En lo más alto de este árbol había varios nidos de cigüeñas. Por las tardes, el cielo se ponía dorado y las cigüeñas, paradas en las ramas altas, se veían como recortadas en un papel de oro. A esas cigüeñas les gustaba volar por toda la orilla del lago, porque allí encontraban su comida.

Helga veía también otras cigüeñas que habían hecho su nido en lo alto de algunas chimeneas. Había escuchado refunfuñar a algunos vecinos en contra de "esas malditas zancudas que les tapaban las chimeneas", pero, en realidad, todos los lugareños querían mucho a las cigüeñas y las cuidaban. Decían que eran de buena suerte.

El nido de cigüeñas más cercano a la ventana de Helga era el que estaba en un recodo del campanario. Allí, Helga veía a una pareja de cigüeñas: Doña Cigüeña y Don Cigüeña (así les llamaba Helga).

Un día, Doña Cigüeña puso un huevo grande y blanco. De inmediato, Doña Cigüeña y Don Cigüeña se echaron muy juntitos para calentar el huevo. A los dos días, Doña Cigüeña puso otro huevo… a los dos días ,otro, y a los dos días, otro, y así, hasta llegar a siete, y la pareja, con sus cuerpos, calentaba los huevos amorosamente y los cuidaba.

Al mes, empezaron a salir de los huevos las cigüeñitas. Salió una, a los dos días, otra, y otra, y otra, hasta llegar a siete. A todas, sus papás les daban de comer en sus picos.

A las ocho semanas más o menos, las cigüeñitas ya eran unos jovencitos cigüeñas y se echaron a volar. Volaban y revoloteaban que daba gusto, y Helga se divertía mucho viéndolos.

Al poco tiempo llegó la época del frío, y un día todas las cigüeñas emprendieron el vuelo. Se alejaron y se alejaron volando, pico adelante, patas atrás, hasta perderse en el horizonte. Helga se quedó asombrada. Después, se puso muy triste de ver los nidos vacíos.

Pasaron los días y Helga se preguntaba adónde habrían ido las cigüeñas.

Su amiga Nora, que vivía en la casa de junto, le decía que habían ido a París para traer muchos bebés que iban a nacer. Eso lo había oído Helga en una leyenda que su abuelo le contaba, pero ella sospechaba que no era cierto.

Pasaron muchos meses y un buen día las cigüeñas regresaron a sus nidos. Helga se puso feliz.

Platicando con su papá sobre lo ocurrido, supo la verdad y el misterio se disipó: las cigüeñas se habían ido de vacaciones hasta lo más al sur, es decir, hasta la puntita del África, huyendo del frío.

A Helga le brillaron los ojos y ese día estuvo mucho rato en la ventana.

# LA SEÑORITA EMA

## GILDA RINCÓN

La señorita Ema, como la llamábamos, era especial. Estábamos en primer año, aprendiendo a leer.

Empleaba mil recursos para captar nuestra atención. Cuando iba a entrar al salón, la esperábamos expectantes, porque podía ser que primero asomara una temblorosa pluma que resultaba ser el adorno de un sombrero enorme, ridículo, bajo el cual sonreía nuestra profesora. Después escribiría en el pizarrón la palabra SOMBRERO.

Otra vez, acaso antes que ella, entraba botando al salón una pelota que nos prestaría en el recreo, luego de que aprendiéramos a escribir su nombre: PELOTA. Y así.

Hasta a Emelia, una muchachita a quien le costaba mucho trabajo aprender y se quedaba pasmada mirando las nubes pasar por la ventana, tan blancas, tan vaporosas, en vez de prestar atención; hasta a ella, la maestra Ema lograba interesar.

Una vez, el que asomó por la puerta del salón, que lentamente se abría, fue un títere que representaba a un niño indígena, con su traje de manta y su sombrerito de petate.

Era, nos dijo ella, el niño Benito Juárez. El títere, de su propia confección, no movía los brazos como los usuales muñecos de guiñol, sino los pies. Y mientras el niño Juárez recorría el escritorio, la señorita Ema nos contaba de la infancia del pastorcito, que perdió una oveja y, temeroso del castigo, se fue a pie a la ciudad de Oaxaca; de cómo tuvo la suerte de estudiar y, finalmente, de llegar a presidente de la República.

Después pasó a otros temas, y el títere fue depositado en una caja que ella tenía allí a la mano, destinada a guardar la numerosa utilería que usaba para llamar nuestra atención.

Fue transcurriendo el año. Y un día, ya cerca del final del periodo escolar, mientras repasábamos una lección del libro de lectura, Emelia se escurrió de su banco y se fue gateando al cajón de los triques, y sacando al Benito Juárez se lo acercó a la cara y le dijo quedito: "Benito Juárez, ya sé leer".

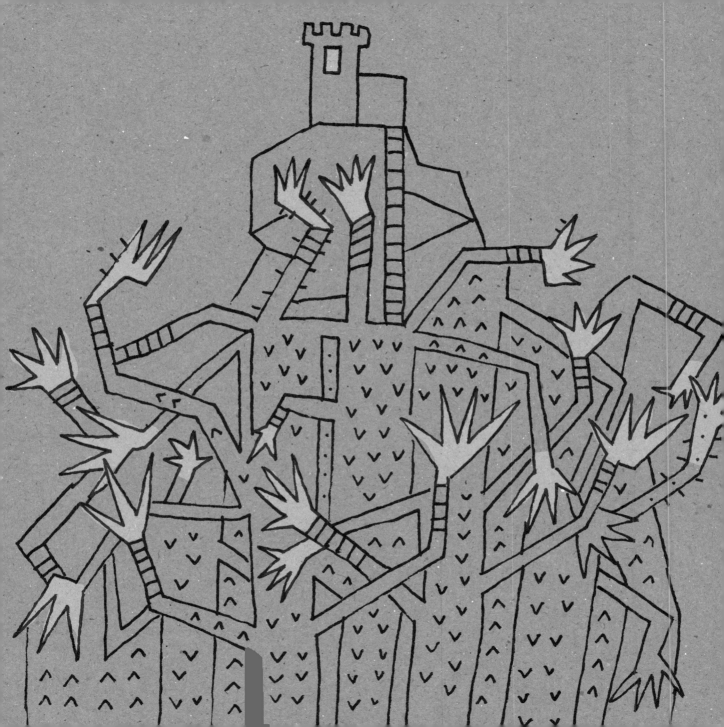

# EL INSOMNIO DE LA BELLA DURMIENTE

## ROCÍO SANZ

**L**a Bella Durmiente tenía insomnio.

¡Qué tragedia!

Tú recordarás el cuento de la Bella Durmiente: la maldición del hada mala y cómo la princesa se pincha el dedo con un huso de hilar y cae como muerta. Recordarás que interviene el hada buena y modifica el hechizo:

—La princesa no morirá. Dormirá por cien años y entonces vendrá un príncipe a despertarla.

También te acordarás de que todo el palacio se duerme y crece un espeso bosque a su alrededor.

Todo había salido bien hasta ese momento. Dormían ya el rey y la reina, los perros y los canarios, las damas y los caballeros, los guardias y los lacayos. Dormían el fuego en la chimenea y el agua de la fuente, pero la protagonista del cuento, la mismísima Bella Durmiente ¡tenía insomnio y no se podía dormir!

El hada madrina no sabía qué hacer. En todo aquel palacio dormido sólo velaba el aya anciana que había criado a la princesa y había venido a vigilar su sueño. ¡Pero no había tal sueño! La Bella Durmiente padecía insomnio.

El hada agitaba en vano su varita mágica: la princesa no se dormía. Se paseaba con el aya por los salones dormidos, pero no le llegaba el sueño.

—¡Esto no es posible! –se quejó la anciana, fatigada de caminar–. ¡La Bella Durmiente no puede pasar cien años despierta!

—¡Estaré hecha una ruina cuando aparezca el príncipe! –clamó la pobre princesa–. Hada madrina, ¡tienes que hacer algo!

El hada se quedó pensativa un momento. Luego exclamó:

—¡Ya sé! Pediré prestada la manzana de Blancanieves; la morderás y caerás como dormida. Contrataremos a los siete enanos: ellos te fabricarán un precioso ataúd de cristal para que te encuentre el príncipe.

—¡Nooo! –protestó la princesa–. ¡Yo no quiero al príncipe de Blancanieves, ella se pondría celosa! Yo quiero a mi propio príncipe. ¡Éste es mi cuento! –sollozaba.

—Podríamos cambiarle el nombre... –meditó el hada–. Ponerle... "La bella insomne del bosque..." Pero significaría mucho trabajo extra –recapacitó–. Habría que irse

al siglo dieciocho y cambiar el texto original, contratar otras seis hadas madrinas, una bruja especial, ¡el sindicato de brujas protestaría por las horas extras! Y con la inflación –terminó diciendo el hada–, el costo sería prohibitivo.

—¡Además –clamó la princesa–, los niños me conocen como la Bella Durmiente y no es justo que me cambies el nombre! ¡Ay, madrina! ¿Qué voy a hacer durante cien años despierta y sola?

—Podrías escribir un libro de soledad… –sugirió el aya.

—¡Ya está escrito! –exclamó la pobre Bella Despierta, y se echó a llorar.

Los niños escucharon su llanto y al percibir los desconsolados sollozos de aquella pobre muchacha, decidieron ayudarla.

Vinieron de todas partes y le contaron cuentos para entretener su vigilia.

Cada niño y cada niña inventó un cuento sobre el insomnio de la Bella Durmiente. ¡Hay tanto que hacer en cien años! Cosas útiles y bellas, juegos y viajes, libros, fantasías y realidades.

La Bella Durmiente jugó con los niños y los cien años se le pasaron en un suspiro.

Cuando, al fin, llegó el príncipe, se sorprendió de encontrarla despierta y fresca como una niña. ¡Hasta el aya se había conservado fresca!

El palacio despertó, como en el cuento original, y las bodas del príncipe y la princesa se celebraron con gran pompa y alegría. Ninguno de los dormidos supo nunca del insomnio de la Bella Durmiente.

Pero tú sí sabes el secreto y cuando quieras puedes inventar un cuento para consolar a la Bella Durmiente cuando no pueda dormir.

# LA SOMBRA DE TEO

## GILDA RINCÓN

**T**eo se había dormido tarde aquella noche. Tenía que preparar la prueba de historia y estuvo lee y lee, hasta que los párpados se le cerraban solos. Así que por la mañana, cuando sonó el despertador, se levantó todavía con sueño. Se metió a la regadera, que lo despabiló, se vistió y bajó a desayunar. Se fue a la escuela.

No se fijó en que su sombra se había quedado dormida, muy arropadita, en la cama caliente.

Generalmente, la sombra de los niños anda pegada a ellos; a sus pies si caminan, o a sus manos si se paran de cabeza, o a su trasero si se caen de sentón.

Generalmente… pero ese día, la sombra de Teo tenía tanto sueño que se quedó dormida.

La despertó el gato de la casa, que, aunque tenía prohibido subir a las camas, en cuanto nadie lo veía se brincaba a ellas, sobre todo si sus dueños las habían dejado calientitas.

La sombra de Teo saltó de la cama y, al ver que su dueño no estaba, se sorprendió, primero, pero luego se alegró muchísimo: estaba libre, podía moverse a su antojo, ir a donde quisiera, sin tener que ir pegada al niño que era su amo.

Muy contenta brincó por la ventana: uy, qué brineo tan ligero, parecía volar, y cayó sin hacerse daño sobre una mata de hierbabuena. Tampoco le hizo daño, pero ésta, sorprendida de la repentina oscuridad que de pronto le cayó encima, se sacudía, molesta de que algo le tapara el sol.

La sombra de Teo se fue brincando por el camino. En un llanito que por allí había vio unos caballos pastando. Se montó en uno de ellos de un brinco. Era blanco, pero de pronto parecía tener una mancha oscura.

—¡Arre, caballito blanco! –dijo la sombra, y el caballito echó a galopar. Qué bien se sentía ella sobre su blanca montura, corriendo por la pradera. Al llegar a un arroyo, el caballito blanco lo cruzó al galope, haciendo saltar surtidores de espuma y salpicando a su jinete, y éste feliz.

En un brinco del caballo, la sombra perdió el equilibrio y fue a caer al agua. Qué rica estaba, fresca, limpia: se bañó largo rato en ella. Las sombras de por sí son limpias y, aunque pasen sobre el polvo y el lodo, salen puras.

Pero nuestra sombra traviesa fue ese día la sombra más limpia y fresca de todas.

Salió del agua, se sentó bajo un árbol a descansar, y casi se queda dormida, en ese momento recordó a Teo y algo como un poco de culpa la hizo sentir incómoda: ¿dónde estará a estas horas su dueño? El sol estaba en lo más alto del cielo. "Debe de ser mediodía, la hora del recreo –se dijo–, y creo que la escuela queda para aquel lado. Uy, me he alejado tanto, que me tardaré un buen rato en regresar." Entonces vio una paloma que volaba hacia el norte, que era adonde ella quería ir, y… se pescó al vuelo de la diminuta sombra, que se escurría al ras de la tierra.

Las sombras son ligeras como plumas, y así, la sombra de la paloma, con la del niño pegada a ella, corría por sobre las tierras altas y las bajas; sobre los techos y sobre las bardas; sobre los caminos y los árboles.

Cuando pasaban por el patio de la escuela de Teo, su sombra se soltó de la de la paloma, y patinando llegó a donde estaba el niño y se le pegó a los pies.

A esa hora Teo estaba sentado comiendo una manzana que su tía le había puesto para la hora del recreo.

Nadie advirtió que por algunas horas, aquel niño había andado, y se había sentado, y parado y brincado, sin hacer sombra.

Llegó su amigo Simón y se sentó junto a él.

—¿En qué piensas? –le preguntó.

—Estaba imaginando –contestó Teo con la mirada perdida en algún punto lejano– que montaba un caballito blanco; que corría por el monte; que el caballito me tiraba en una poza del río; que me bañaba en ella… y el agua estaba fresca, fresca, ah… ¿Y tú?

# ¡SILENCIO!

## ROXANNA ERDMAN

Maki come palomitas. Se las va metiendo de dos en dos en la boca y las tritura con las muelas. Tanto le gusta cómo suenan, que a ratos ni ve la pantalla.

—¡Guarda silencio! –susurra una voz flotando en la oscuridad del cine.

Maki se traga el silencio y dos palomitas masticadas. En el fondo de su estómago el silencio le hace cosquillas, unas cosquillas que se inflan como burbujitas de risa.

Maki arma un rompecabezas. Mientras va probando las piezas, canturrea una canción sin bigotes ni rabo. Sube y baja el volumen según encuentra o no la pieza correcta.

—¡Guarda silencio! –pide su hermana, que juega con sus amigas.

Maki lo esconde en la caja del rompeca-bezas. El silencio suspira afligido.

Maki acerca el oído y lo oye quejarse con su leve voz de aire.

Maki regaña al conejo, que ha dejado tres bolitas en el pasillo. El sermón sobre la limpieza y las buenas costumbres dura ya diez minutos. El conejo sólo dice que no con la nariz.

—¡Guarda silencio! –dice papá, que habla por teléfono.

Maki se lo echa en el calcetín. El silencio quiere escapar; con sus dientecillos platea-dos empieza a roer un agujero furtivo.

Maki solloza por un helado que se derrite en la calle. Era nuevo y gordo cuando perdió

el equilibrio, empujado fuera del cono por la lengua de Maki.

—¡Guarda silencio! –ruega la abuela, que mira cómo todos la miran.

Maki lo desliza en su bolsillo. El silencio palpita a ritmo de blues, contagiado por los latidos de su corazón.

Maki se aburre. En la sobremesa, le muestra su hastío a la pata de la silla con la punta de un pie: tac, tac, tac, tac, tac.

—¡Guarda silencio! –ordena mamá, que platica con los demás.

Maki lo mete bajo el cojín. El silencio se acurruca y cierra los ojos.

Así, guardadito, sueña que puede soñar para siempre.

# SIN REFLEJO

## GILDA RINCÓN

Germán está sentado en una gran piedra, a la orilla del río que en ese lugar forma una poza.

—Hola, Germán –dice Santiago acercándose.

—Hola, Santiago. Qué bueno que se te ocurriera venir a caminar hasta la poza.

—Sí, ¿verdad? Ven, vamos a asomarnos.

—Está honda. Bien honda. Y tan quieta. Se ve el reflejo de las nubes y los amates. Sin ver para arriba, puedes ver a los zopes planear en el cielo.

—Oye, Germán, qué raro: por más que me asomo, no veo mi reflejo. ¡Ni el tuyo!

—A ver, ¡de veras! Vamos a la orilla.

—No, nada. ¿Por qué no nos reflejamos? Mira, muevo los brazos y… no los veo en el espejo del agua. ¿Qué pasa, Germán, qué pasa?

—Ah, ya sé, no te preocupes: es que estamos soñando.

—¿Los dos estamos soñando?

—Pues sí, Santiago, y si estamos soñando, ¡podemos hacer lo que queramos! ¿Quieres un helado? ¿De qué lo quieres? ¿De fresa? Toma tu helado de fresa. Yo de nuez.

—Mmm, está rico. Entonces, ¿por qué no volamos, a ver qué se siente volar?

—Me da miedo.

—No tengas miedo, mira: ¿ves? Dame la mano. Así. ¡Upa! ¡Qué maravilla!

—¿Y si nos caemos?

—Cómo nos vamos a caer; y si sí nos caemos, pues no pasa nada, ya que estamos soñando.

—Desde aquí veo la poza, qué chiquita se ve, y ¡seguimos sin reflejarnos en ella!

¿Bajamos? Así... listo. Qué sueño tan lindo, Santiago. Y qué bueno que tú también lo estés soñando. Mañana, si quieres, nos encontramos en otro sueño. Ve pensando adónde quieres ir.

...los dos amigos se disuelven en la niebla...

Sale el sol. Germán despierta y, lleno de alegría, se viste y sale corriendo por la vereda que lleva a casa de Santiago.

—Toc toc.

—Qué te trae tan temprano, Germán –saluda la mamá de su amigo al abrir la puerta–. Santiago no se ha levantado... como es domingo... pero pasa, ya lo oigo en su cuarto.

—¡Santiago, Santiago, qué fabuloso, no? ¡Qué increíble volamos! Hoy nos dormimos tempranito y nos vamos, si quieres, a las

Cataratas del Niágara, o a África, o a Acapulco, o...

—¿Que quéééé?

# LAGARTIJA CON COLORES PRESTADOS

NARRACIÓN DE UN SUCESO REAL

## VALERIA MENDOZA HUERTA

**M**i mamá tiene una casa en un lugar de Veracruz llamado Puntilla Aldama. Está a quince minutos de la playa, a cinco minutos de la población de San Rafael, a media hora de Martínez de la Torre y a tres horas de Xalapa. Allí siembran naranja, limón, toronja, plátano, café, chile chiltepín, y no se qué más.

Mi abuelo le heredó la casa a mi mamá. Él, al igual que mi mamá, era campesino. Mi bisabuelo estuvo en la Revolución mexicana y luchó por esas tierras.

Actualmente visito el lugar de vez en cuando, solo para descansar del ajetreo de la ciudad. Me gusta mucho ir al terruño, pues gozo su clima, tan húmedo y cálido, la cantidad de fruta que allá se da y, sobre todo, observo con admiración su flora y su fauna, ¿será porque soy bióloga? No acostumbro tomar muestras ni capturar animales, pero, relacionado con esto, un día sucedió algo espectacular que marcó mi vida.

Era el tiempo de las fiestas patrias. Inocentemente, mi familia y yo tomamos las maletas y nos fuimos para pasar el Grito de la Independencia de México en Puntilla. No sólo llegamos a dar el Grito de la

Independencia, sino también el grito del pánico que nos dio cuando nos enteramos de que un huracán de grado cuatro se había desviado de las costas para llegar hasta muy cerca de donde estaba nuestra tierra.

Ese mismo día, cuando nos enteramos de lo que iba a pasar, decidimos tomar las maletas y regresar a la ciudad. Sin embargo, una vecina que es viuda y tiene un hijo enfermo nos pidió, conmovida, que no la dejáramos; que tenía mucho miedo, pues su casa es muy frágil y ella ya no puede caminar bien.

A pesar de que nos pasaba por la cabeza la frase *Más vale aquí corrió que aquí murió*, decidimos quedarnos y hacerle guardia.

Nunca habíamos padecido algo semejante. Pelusa, mi perro, parecía muy nervioso: olía la situación. Eso era lo que más miedo me daba, pues los animales siempre actúan con prevención ante las catástrofes naturales. También el cielo nublado y la ausencia del canto de los pájaros me hacía tener la piel de gallina.

Comenzó el huracán; las calles del pueblo se quedaron vacías. Nosotros salíamos a ver todo lo que sucedía a nuestro alrededor; se escuchaban sierras eléctricas, crujir de troncos y el sonido de los árboles al caer con todas sus hojas y ramas. La gente ponía cintas adheribles a sus ventanas que daban al norte, que daban a la costa; sirviéndose de ladrillos colocaban muebles a medio metro de altura o, a veces, todo lo subían al techo y lo envolvían bien. Vimos una casa de lámina en la que habían sobrevolado una cuerda gruesa que cubría el área del techo, y habían anclado sus extremos a tierra firme para evitar que el viento se llevara todo.

Regresamos a la casa, intentamos imitar todo lo que los vecinos hacían, pero ya era demasiado tarde. El viento tomó fuerza, la lluvia torrencial llegó sin avisar; y era tal su estrépito, que no permitía escuchar ni los propios pensamientos. El agua empezó a subir y a subir, las calles eran albercas y ríos con corriente que arrastraban desde zapatos, bolsas, botellas, ramas y troncos, hasta animales. Las ramas de los árboles se movían agitadamente de un lado a otro.

Recuerdo el miedo que percibí en los ojos de mis padres. Al poco, la lluvia empezó a hacer pausas; a veces hasta asomaba tímidamente el sol, engañándonos con que todo había terminado; pero nuevamente, a los pocos minutos, retornaban con fuerza el viento y la lluvia.

Las gallinas de la vecina estaban ya en una isla de tierra y el agua amenazaba con llevárselas. Salí por ellas, las tomé del cuello y las alas, y las arrojé una por una a un lugar más alto.

Después de corroborar que la vecina y su hijo estaban bien, regresé, me metí en la cama y prendí un radio portátil para escuchar las noticias, usé mis botas de plástico de vez en cuando para destapar los agujeros por donde corría el agua.

De repente, una oleada de agua llegó hasta nuestra puerta y, sorpresivamente, muchos animales salieron de sus moradas para meterse en la nuestra: cucarachas, ratones, grillos, palomillas; cantidad de insectos que de un segundo a otro habían tomado lugar en casa.

Mi mamá mataba algunos, pero yo, mientras, los dejaba pasar para que momentáneamente tuvieran un lugar de protección y asilo. Algunas aves llegaban

a la terraza y se posaban mojadas mirándonos con ternura para que las dejáramos estar ahí.

Un día y medio fue lo que duró ese tal huracán Karl.

Al fin, salió el sol, la gente comenzó a lavar banquetas y techos, donde se había acumulado mucho lodo. Quitaba troncos y ramas que habían quedado en el paso. De repente, mi mamá gritó:

—¡Valeria, corre, ven a ver esto!

Grandioso descubrimiento el de mi madre. Un animal de una especie que nunca antes había visto estaba en el patio de nuestra casa. Era un reptil. La gente pasaba y afirmaba muy segura: "¡Esos animales son peligrosos, son venenosos, deben quemarlo!", "¡Esos animales se meten por las orejas y otros agujeros del cuerpo y se meten hasta la panza para vivir ahí!", "¡Se pueden morir ustedes si lo dejan entrar a su casa!", "¡Es una salamandra venenosa!", "¡Esos animales lloran como si fueran bebés cuando intentas matarlos, es tan horrible!", "¡Es un tlaconete... deben matarlo!", decían los lugareños.

No lo iba a permitir, matar por matar no era mi estilo. Su apariencia era amenazante; con anillos alrededor de su cuerpo de colores negro, blanco, rojo y anaranjado; tenía una larga cola y piel aparentemente suave y estaba en posición enroscada. Nos miraba y se movía lentamente. Parecía tan indefenso...

Le preparé un pequeño ecosistema, con tierra, piedras, un caracol de jardín; todo lo que podría haber a su alrededor en su hábitat, para que no sintiera el cambio tan brusco, y luego lo capturé. Con miedo, es verdad. Siempre he aceptado la veracidad de los lugareños, pues ellos son los que conocen más de ahí. Pero algo me decía que esto era diferente; a pesar de mi miedo y cierta repugnancia, lo miraba de vez en cuando y me cercioraba de que no saliera de su celda.

Por las noches este animal corría a gran velocidad dentro de su terrario, y nos miraba amenazante. Al parecer de noche se activaba su defensa. El caracol que había metido con él se comenzó a salir por uno de los agujeros y con miedo pensé que quizás éstos eran demasiado grandes. Así que por si las dudas, le puse varias bolsas a su alrededor... pobre animal. ¡Cuánto habrá sufrido!

Para colmo, el auto se había averiado por tanta agua y humedad. Ya no avanzaba... tendríamos que tomar un camión para regresar a la ciudad. Pero... ¿y mi perro Pelusa?, ¿y mi bicho exótico...? ¡No podía dejarlos! Ninguna camionera de primera ni de segunda nos dejaba subir con bichos ni perros. Pero afortunadamente había autobuses de tercera. Según me decían, si escondía bien a los animalitos, no habría ningún problema.

¿Por qué quería traer el bicho a la ciudad? Como dije, soy bióloga y mi profesor Rubén, experto en reptiles, podría identificarlo y decirme muchas cosas interesantes. Y así fue; cuando llegué a la ciudad, de inmediato fui a visitarlo. Le bastaron sólo diez segundos de observación para empezar a decir varios tecnicismos a manera de hechizo: "Sin ventosidades aparentes, cinco dedos, colores mimetizados... es una simple lagartija inofensiva". Tan rápido como me habló, lo tomó con sus manos y, mientras esta lagartija lo mordía y se defendía, él me decía: "¿Observas bien, Vale?, quiero que ahora tú la tomes, claro que muerde, se defiende, y claro que se queja y llora. Estas lagartijas son nocturnas y estos colores les sirven para que si alguien por la mañana las encuentra bajo una roca, tenga miedo y huya al creer que se trate de una coralillo, que sí es venenosa". Todo me lo decía con tanta seguridad.

Fui a verla tres días seguidos, el maestro la alimentaba bien. Mi profesor estaba en perfecta salud a pesar de haber sido mordido por ella. Lagartijas de este tipo son inofensivas y lo único que hacen es que por las noches se comen muchos insectos que nos hacen daño. Quién dijera que la gente, por miedo, lo que hace es matarlas. Ahora, ya pienso dos veces todo lo que los lugareños me dicen. Los mitos podrían llevar a la extinción de animales útiles como esta bella lagartija.

Esta historia no termina aquí. Mi profesor opinó que lo que tenía que hacer era regresarla a su hábitat natural y mostrarle a la gente lo que yo había aprendido.

Meses después comenzó el viaje de entrega. Al llegar, vecinos y familiares nos dieron la bienvenida como lo hacen siempre, con muchas atenciones, los niños miraban admirados el regreso del animal que yo me había llevado a la ciudad. Preguntaban: "¿Es el mismo?", "¿Qué te dijeron?", "¿Entonces puedo tocarlo?"

Con incredulidad los adultos observaban mientras yo relataba lo que había escuchado de mi profesor, y hacían gestos de desagrado cuando los niños la tocaban.

Estando sola y con cierta nostalgia, la puse sobre el suelo donde la había encontrado, y rápidamente se alejó sin decir adiós, entre la hojarasca. No creo que ella me extrañe ahora. ¡Qué gran aventura la que pasamos las dos!

¿El huracán había llevado la lagartija a mi casa? ¿No vemos estas lagartijas porque son nocturnas? ¿Cuándo le pidió prestados esos colores a la víbora coralillo? ¿Cuántas hay como ella hoy en día en ese pueblo? ¿Cómo estará ella ahora?

Desconozco muchas cosas, pero estoy segura de que todo lo que allá sucedió, tú y yo lo debemos saber, para así ir borrando la sombra de la ignorancia.

# EL CUENTO VACÍO

## ROCÍO SANZ

**H**abía una vez un cuento descontento.

¿Por qué estaba descontento?

Porque estaba vacío.

No tenía nada: ni hadas ni duendes ni dragones ni brujas. Ni siquiera tenía un lobo o un enano. Los otros cuentos ya lo tenían todo: Blancanieves tenía siete enanos; Pulgarcito tenía sus botas de siete leguas, ¡y Alicia tenía todo el País de las Maravillas!

Pero nuestro cuento estaba vacío.

Fue a ver a las hadas madrinas, pero las encontró muy ocupadas.

—No podemos ayudarte –le dijeron–. Imagínate, en la Bella Durmiente necesitan hasta trece hadas madrinas. Estamos todas ocupadas.

Nuestro cuento fue a ver si conseguía algún dragón, pero todos estaban ya apartados para los cuentos chinos. Trató de procurarse aunque fuera unos cuantos duendes, pero todos andaban ya en los otros cuentos. No pudo conseguir hadas ni dragones ni duendes ni nada. Era un cuento vacío. Estaba muy descontento

Tan descontento que no volvió a salir de su casa. Le daba vergüenza que lo vieran tan despoblado, tan vacío. Nuestro cuento no volvió a salir nunca más.

Los otros cuentos eran muy famosos. Algunos, como Pinocho y Blancanieves, se hicieron estrellas de cine y salían retratados en todos los periódicos. Hasta la humilde Cenicienta llegó a ser estrella de cine. Pero claro, Cenicienta tenía príncipe y zapatillas de cristal, y nuestro cuento no tenía nada. Estaba vacío y no volvió a salir de su casa. Los otros cuentos sí salían; andaban por todas partes, todo mundo los contaba.

Los niños del mundo siempre estaban pidiendo que les contaran un cuento, y otro, y otro más. Y los cuentos andaban ocupadísimos, de acá para allá, con sus carrozas y princesas, con sus barcos y piratas, con sus hadas y sus duendes. Y los cuentos viajaban de un país a otro, de un idioma a otro, andaban por todas partes. Nuestro cuento vacío seguía encerrado en su casa, muy triste y renegado, y los niños del mundo seguían pidiendo cuentos, cada vez más. Cuentos y más cuentos... ¡hasta que se los acabaron todos! No quedó ni un cuento. Se gastaron todos.

El mundo se quedó sin cuentos. Nada. Ni uno solo.

Entonces los niños se acordaron del cuento vacío y fueron a buscarlo. Él no quería salir. Le daba vergüenza porque no tenía nada; ni brujas ni princesas ni zapatillas de cristal. No tenía nada.

Le pusieron luciérnagas y salió un cuento mágico.

Le pusieron naves espaciales y salió un cuento de aventuras.

Le pusieron un ratón en bicicleta y quedó un cuento chistoso.

Lo llenaron de ballenas y ballenatos, y quedó un cuento gordo, húmedo y tierno.

Los niños estaban felices poniéndole cosas al cuento vacío, hasta que una niña chiquitita dijo:

—¡Yo no sé leer todavía! ¡Pónganle colores al cuento para que yo lo entienda!

Y el cuento se llenó con todos los colores del arcoíris. Todos los niños del mundo jugaron con aquel cuento.

Una niña le puso todos los peces del mar y otra lo llenó de alas y de murciélagos. Un niño lo cubrió de minerales

preciosos y el cuento brilló. ¡Y otro le puso un marcianito verde y un superpingüino azul! Los niños le pusieron al cuento un traje espacial y lo mandaron a recorrer galaxias. Cuando regresó, lo vistieron de buzo y lo mandaron al fondo del mar. De ahí regresó el cuento con burbujas, pulpos y corales. ¡Todo lo maravilloso del mundo!

Y una niña dijo:

—¡A mí me gustaban las princesas que se gastaron en los otros cuentos!

Y los niños del mundo volvieron a inventar a las princesas, a las hadas y a los ogros.

Nuestro cuento ya no estaba descontento. ¡Ya no estaba vacío! Era el último cuento que quedaba y fue todos los cuentos.

A los niños les gustó el cuento vacío porque podían ponerle lo que quisieran.

Y tú, ¿que le pondrías?

¿Qué te gustaría ponerle al cuento? Aquí está, blanco y vacío, para que juegues con él.

# LA
# MAESTRA
# DESAPARECE

## VALENTÍN RINCÓN

**N**os dábamos cuenta de que la maestra Irene, la de quinto, llevaba una semana de no asistir a la escuela, y de que quien daba las clases a ese grupo eraa la directora. No sabíamos qué pasaba, pues no nos explicaban nada. Le preguntamos a Santiago, a Carmela y al *Chango*, alumnos de quinto que eran de nuestro club, y tampoco lo sabían. Esos tres de quinto, con Felipe, con la *Manzanita* y conmigo, de sexto... y con Juan –el *Trapos*–, que no iba a la escuela porque trabajaba en el mercado, éramos los del club Los Descubridores.

Ese día al salir de la escuela nos dijo la *Manzanita*, a mí y a Felipe, que quería ir a recoger su bicicleta al taller de don Gumersindo, donde la había llevado a componer. Aceptamos y fuimos con ella. El taller de bicicletas está rumbo al Chorreadero, por el callejón de San Roque. Al llegar al taller, el *Chueco*, un anciano male ncarado que era ayudante de don Gumersindo y que muchas veces olía a alcohol, nos dijo de mala gana que la bicicleta todavía no estaba lista. La *Manzanita* estaba haciendo cara de decepción, cuando llegó don Gumersindo.

—Don Gumer –dijo la *Manzanita*–, usted me prometió que hoy estaría lista mi bici...

—No te enojes, *Manzanita*; ya casi está. Ahorita mismo la termino; nada más la armo.

Don Gumersindo vivía al lado de la casa de la maestra Irene. Mientras armaba la bicicleta, le pregunté por la maestra. Nos dijo que había desaparecido y que, el otro día, habían ido unos policías a indagar y habían estado preguntando cosas a los vecinos.

Una vez que don Gumer terminó, la *Manzanita* pagó, tomó su bicicleta y nos fuimos.

A los pocos días ya todos en la escuela sabían de la desaparición de la maestra, pues había salido la noticia en el periódico y habían ido a la escuela unos señores a investigar. Quizá eran policías, pero sin su uniforme.

La maestra Irene tenía fama de buena maestra y era muy querida y respetada por todos. Felipe, la *Manzanita* y yo la habíamos tenido en quinto y sabíamos que enseñaba muy bien; nos tenía paciencia y, al final de la clase, cuando ya se acercaba la hora de la salida, nos contaba algún cuento o alguna historia. Eso nos gustaba mucho y nos tenía con la boca abierta. Hasta el conserje y su esposa –la *Momia*– se acercaban a la ventana del salón, la que da al pasillo, para oír desde afuera los relatos. La maestra Irene lo sabía y dejaba abierta esa ventana.

Maestros, alumnos, empleados y toda la comunidad estábamos muy intrigados y preocupados por su suerte. Sin embargo, la vida continuaba su curso en la *tranquila* provincia y ya los de quinto tenían un profesor nuevo.

—Vamos al Chorreadero en la tarde –nos dijo Felipe a mí y a la *Manzanita*.

—Va –contestamos.

—Al fin que es viernes –dijo la *Manzanita*–. Hay que decirles a los demás.

—Pero a Carmela nunca la dejan ir si no va su odiosa prima Estela –agregué.

—A mí tampoco me dan permiso si no va Estela, dizque porque es más grande y muy jui-cio-sa. No importa que vaya, pus total –dijo la *Manzanita*.

El Chorreadero es una poza de agua cristalina, colmada por un arroyo que pasa por las afueras de la ciudad. Allí, los varones solíamos meternos a nadar. Las niñas –Carmela y la *Manzanita*– preferían recolectar nanches y, a veces, orquídeas, que por ahí se daban en forma natural. La prima Estela siempre tomaba muy en serio su papel de cuidadora.

Ese viernes, pues, por la tarde, fuimos todos Los Descubridores al Chorreadero; excepto Santiago, el delicadito, que por alguna razón no podía. La compañía de Estela fue inevitable.

Nos la pasamos, como siempre, de lo lindo: nadando y buceando; y de regreso, cuando ya empezaba a oscurecer,

tomamos por el callejón de San Roque, el que está empedrado y con grandes sabinos a los lados. Al pasar por el terreno abandonado que tiene adentro árboles de mango, el *Trapos* dijo:

—Vamos a saltarnos la barda para comernos unos mangos. La otra vez me asomé y vi que ya hay unos bien maduros.

—No, qué tal que hay alguien allí, a lo mejor los dueños– dijo el *Chango*.

—¡No, no, no… nada de brincarnos! –agregó alarmada Estela–. Es peligroso.

—¡Qué peligroso va a ser! –dijo el *Trapos*–. Ese terreno no tiene dueño. Siempre ha estado abandonado. ¿No ven el hierbazal cómo ha crecido, que hasta se ve desde afuera? Siempre hemos dicho que vamos a entrar y nunca lo hemos hecho.

—Pues vamos entrando –me atreví a decir, impulsado por la emoción de la aventura y por las ganas de saborear los mangos.

—Sí, vamos a entrar –dijo la *Manzanita*–. Nos podemos brincar la barda…

—No, no, no –atajó nuevamente Estela y miró a las niñas–. Ustedes, no.

La *Manzanita* hizo una pequeña mueca de fastidio y resignación.

Nos asomamos a través de un hueco que tenía la oxidada reja de lámina y no vimos ningún movimiento ni señal de vida. El *Chango*, Felipe, Juan y yo decidimos entrar, y las niñas, según dispuso Estela, se fueron.

Junto al lado exterior de uno de los muros había un estrecho y agreste camino terroso que bordeaba una barranca. Hacia ese muro nos dirigimos y, no sin esfuerzo, lo traspusimos.

El terreno era enorme, con grandes hierbas, árboles de guayas, frondosas pochotas, totopostes y palos de mango. Empezamos, quitados de la pena, a comernos los mangos ricos y maduros que alcanzábamos fácilmente a cortar. Comenzaba a oscurecer y los mosquitos nos picaban. Ya casi nos habíamos hartado de mangos, cuando percibimos al fondo del terreno, en una vieja y ruinosa construcción de madera, una luz como de quinqué o de vela.

—¿No que no había nadie...? –dijo alarmado el *Chango*.

—¡Mejor nos vamos! –dije quedito.

Con extraordinaria precaución nos fuimos enfilando hacia la barda. Adelante iba el *Chango*, y lo seguíamos Felipe, el *Trapos* y yo. Haciendo uso de un tronco que acercamos a la barda y que sirvió de escalón, nos fuimos saliendo uno por uno. Afuera cada quien se dirigió a su casa.

Al otro día, que era sábado, nos reunimos la *Manzanita* y los cuatro que habíamos estado en el terreno abandonado.

Comentamos animados la aventura del día anterior, y la *Manzanita* se mostró muy interesada y emocionada. Entonces el *Trapos* sugirió una nueva visita al misterioso lugar. Los demás, incluyendo a la *Manzanita*, dijimos que sí y fijamos la ida para el día siguiente. Felipe dijo:

—Vamos a llevarnos a Santiago.

—Pero le va a dar miedo y no va a querer ir –advertí.

Entonces la *Manzanita* esbozó un plan:

—Le contamos de los mangos, pero no le decimos que adentro hay alguien.

—Buena idea –dijo el *Trapos*–. Además, ya que esté allá, le decimos que es una prueba de valor que tiene que pasar para seguir siendo miembro de Los Descubridores.

—Pero que no sepa nadie. Si no, no me van a dejar ir mis papás –advirtió la *Manzanita*–. Y que tampoco se entere Estela; ya estoy cansada de que no me dejen ir adonde van ustedes.

—No, no diremos adónde vamos. Será nuestro secreto –dije.

Al día siguiente en la tarde, estábamos afuera del terreno de los mangos, dispuestos a llevar a cabo el plan como estaba trazado. A fin de aprovechar el cobijo que ofrece la oscuridad, habíamos llegado cuando ya empezaba a caer la noche. De los que formábamos el club, solamente faltaba Carmela, que no se había enterado.

En primer término, librando la barda, entró Felipe; después, a regañadientes y muy asustado, Santiago; enseguida la *Manzanita*, y después los demás. Una vez adentro, un poco tensos y sin acordarnos para nada de los mangos, decidimos que alguno de nosotros se acercara a la casucha del fondo para averiguar quién o quiénes estaban allí.

—Yo voy –dijo el *Trapos*.

—Yo te acompaño –dijo quedito, pero muy decidida, la *Manzanita*.

Los demás aceptamos, y los dos enviados se fueron acercando lenta y cuidadosamente a la barraca. Transcurrieron varios minutos de mucha tensión y, por fin, regresaron. Los dominaba una expresión de asombro.

—¡Nos asomamos por una ventanita y descubrimos algo grueso: allí, en un cuartucho sucio, tienen a la maestra Irene! ¡Creo que está sujeta con un grillete en el tobillo! –exclamó con ojos desorbitados la *Manzanita*–. Además, nos vio. Están allí el conserje Nacho, su esposa la *Momia*, el *Chueco* (el que trabaja con don Gumer), y también un viejo que no conozco y que tiene cara como de diablo.

—Sí, yo también los vi, y oí que la *Momia* llamó tío al viejo desconocido... Parecía que la maestra les estaba contando un cuento. Yo le hice señas a la *Manzanita* de que nos largáramos, no nos fueran a ver –agregó el *Trapos*.

—¡Vámonos! –dijo alarmado Santiago.

—Sí, vámonos. Ya pensaremos qué hacer –dije, y emprendimos rápida pero silenciosa retirada.

Nos sentamos en la escalinata de la Iglesia de San Roque para decidir qué hacer. Algunos decían que avisáramos a la policía o a la dirección de la escuela para que liberaran a la maestra. Otros decíamos que no, porque si la policía hacía un operativo, quizá la maestra correría un gran peligro.

También nos pasó por la mente, y comentamos, que quizá los secuestradores estaban pidiendo dinero a cambio de liberar a la maestra.

—¡Ya sé! –exclamó emocionado Santiago–. Mañana, en vez de ir a la escuela, venimos aquí como a las once, entramos y liberamos a la maestra Irene –extrañamente el delicadito Santiago tomaba iniciativas.

—¡Sí, qué fácil! –dije–. Y si nos agarran a nosotros, nos pueden hasta matar. Además, ellos son cuatro y yo creo que han de estar armados.

—Es buena idea la de Santiago –afirmó la *Manzanita*–, porque mañana, a las once, el conserje y su esposa van a estar en la escuela, y el *Chueco* va a estar ayudando a don Gumer; de tal manera que sólo estará en la casucha el viejo ese, cara de diablo. Lo distraemos y, mientras, liberamos a la maestra.

—Sí –complementó el *Trapos*–, yo voy antes al taller de don Gumer para ver si está allí el *Chueco*.

—Y yo voy a la parte de atrás de la escuela y, por el enrejado, que Carmela me diga si están el conserje y la *Momia*. Ahorita puedo ir a su casa para quedar de acuerdo en eso con ella –dijo la *Manzanita*.

Estuvimos haciendo planes un rato más y quedamos de vernos allí mismo al otro día a las diez y media de la mañana.

Alguien sugirió llevar frascos con pimienta y chile piquín molidos, como arma defensiva.

Santiago dijo que iba a llevar una botella que había visto en su casa llena hasta la mitad con ron, por si era necesario tentar al *Chueco*, en caso de que éste se hiciera presente.

Al día siguiente, Felipe, el *Chango*, Santiago y yo estábamos allí, y al pocó llegaron la *Manzanita* y el *Trapos* con sus noticias: los conserjes estaban en la escuela; y

el *Chueco*, trabajando con don Gumer. Nos encaminamos al terreno de los mangos.

Entramos el *Chango*, Felipe, la *Manzanita* y yo, por el mismo sitio por el que lo hicimos las veces anteriores. Una vez dentro, y siguiendo el plan que habíamos trazado, el *Chango* y Felipe se adelantaron sigilosamente hacia la casucha; la *Manzanita* se quedó cerca del tronco que nos servía de escalón para trepar al muro, y yo me aposté en un punto estratégico desde el que veía la casucha y a la *Manzanita*.

El *Chango*, habiendo llegado a la casucha, fue hacia un costado y arrojó una piedra grande al techo; corrió y se escondió tras unos matorrales. Casi de inmediato, el *Cara de Diablo*, intrigado, salió y fue a inspeccionar. Entonces el *Chango* arrojó un palo para producir otro ruido, atraer al viejo y alejarlo de la cabaña. Las acciones surtieron efecto. Mientras, Felipe se metió a la cabaña y fue hacia donde estaba la maestra. Ella le dijo que la llave del grillete que la inmovilizaba estaba en un llavero grande que colgaban en una alcayata; que la buscara en la otra habitación, cerca de un calendario. Felipe prontamente fue por la llave y liberó a la maestra. Para entonces el viejo iba de regreso hacia la cabaña. El *Chango*, para evitar que descubrieran a Felipe, quiso distraer al viejo arrojando otro palo, pero lo que logró fue que el viejo lo descubriera a él.

El *Cara de Diablo* lanzó una maldición y lo empezó a perseguir. El *Chango* había logrado que se alejara de la covacha, pero ahora estaba él en peligro. El *Satánico*, que extrañamente corría como si fuera joven, había desenfundado una daga que llevaba.

La *Manzanita* y yo, al percatarnos del peligro que corría el *Chango* y sin pensarlo mucho, nos hicimos presentes y le gritamos al *Satánico*, quien se desconcertó de momento. El *Chango* logró ocultarse entre unos matorrales grandes y tupidos. El endiablado viejo, entonces, eligió a la *Manzanita* como presa. Ella corrió, pero se tropezó y se cayó. El *Satánico* la tomó por un brazo, la zarandeó con fuerza y, sujetándola siempre, le puso el cuchillo en el cuello. Felipe y la maestra Irene habían salido de la cabaña. El *Satánico*, que volteaba para todos lados, los vio y gritó:

–¡No se muevan...! ¡Van a hacer lo que yo diga si no quieren que clave este cuchillo en el cuello de esta escuincla!

Nos quedamos atónitos y paralizados.

⌐O

Mientras tanto, afuera, Santiago y el *Trapos*, que estaban vigilando, con gran alarma vieron que el *Chueco* y

el conserje venían caminando y que estaban a sólo una corta cuadra de distancia de la entrada al terreno.

—¡¿Qué hacemos?! –preguntó ansioso Santiago.

—Distráelos mientras yo voy a avisarles a los que están adentro –repuso el *Trapos*.

—Pero, ¿cómo los distraigo...?

—¡Pues yo qué sé! –contestó el *Trapos* y avanzó rumbo a la barda, ocultándose un poco tras unos troncos que allí había.

Santiago tomó su mochila y fue a enfrentar al conserje y al *Chueco*, quienes se sorprendieron de verlo.

—¿Qué andas haciendo por aquí? No fuiste a la escuela, ¿verdad? –dijo el conserje–. ¿Con quién andas?

—C... con nadie... este... es que vine aquí... porque oí decir a unos señores que abajo del puente había unas cajas. Fui a ver y son cajas con botellas de ron.

—¡¿Botellas de ron?! –exclamó entusiasmado el *Chueco*.

—Sí, aquí traigo una.

Santiago abrió su mochila y sacó la botella con ron que llevaba.

—¡A ver! ¡Trae acá! –dijo el *Chueco*, le arrebató la botella y, después de olerla, se echó unos buenos tragos entre pecho y espalda–. Prueba, está bueno –añadió dirigiéndose a su acompañante.

—No, vamos al puente a ver si hay más cajas –contestó el conserje y miró a Santiago–. Tú, ven con nosotros.

Volvamos a los acontecimientos del interior del terreno.

—¡La maestrita se va a regresar a la cabaña...! –sentenció el *Satánico*–. ¡¿No oye?! ¡A la cabaña! ¡Se pone el grillete otra vez y me arroja la llave por la ventana!

La maestra Irene se encaminó de regreso a la casucha. El *Satánico*, con la *Manzanita* presa y amenazada, sin darnos la espalda y caminando hacia atrás, comenzó a dirigirse también hacia la casucha.

El *Chango*, sigilosa y ágilmente, se trepó a un árbol frondoso, de los que llaman totopostes, que estaba a la orilla de una vereda por donde seguramente pasaría el *Satánico*, y se agazapó entre las ramas bajas. Justo en el momento en que el viejo con la niña pasaban por abajo, gritó:

—¡Diablo!

El *Satánico*, desconcertado, volteó hacia arriba, y el *Chango*, que había sacado de su bolsa un recipiente con polvo de pimienta y chile piquín, le vació la mezcla. El viejo, presa de un intenso dolor en los ojos, lanzó un alarido, se llevó las manos a la cara y, consiguientemente, dejó un instante de sujetar a la *Manzanita*. Ella aprovechó la oportunidad y huyó. La maestra se percató de la situación e hizo lo propio. El *Chango* descendió del árbol por una rama baja y corrió a reunirse con nosotros.

Íbamos todos corriendo hacia el tronco-peldaño para salir del terreno, cuando, por encima de la barda, se asomó el *Trapos* y dijo:

—Afuera están el *Chueco* y el conserje. Van a entrar.

—¡Entretenlos! –exclamé.

El *Satánico* ahora nos perseguía asiendo la daga con una mano y frotándose los ojos con la otra.

Afuera, las cosas se le ponían difíciles a Santiago.

El *Chueco* se había quedado saboreando su inesperado ron, mientras que, abajo del puente, el conserje increpaba a Santiago:

—¡¿Dónde están las famosas cajas de ron?! ¡Yo sólo veo unas mochilas con libros...! ¡Hmmm...! ¡Creo que tienes compañía...! ¡Ah, ahora recuerdo que varios de tus amigos faltaron a la escuela...! ¡¿Dónde están?!

El conserje se quedó meditando unos segundos, y luego gritó:

—¡*Chueco*, deja de tomar! ¡Los amigos de éste andan por aquí! ¡Vamos a la cabaña!

—Sí, vamos a que nos cuenten un lindo cuento.

—¡Qué lindo cuento ni qué nada!

Santiago echó a correr.

—¡Agarra a ése! –gritó el conserje al *Chueco*–. ¡Yo voy a ir a ver!

Y se dirigió corriendo a la puerta del terreno.

El *Trapos* había corrido hacia una parte del muro alejada del lugar por donde nosotros teníamos que salir. Al ver lo que pasaba, le gritó al conserje:

—¡Señor conserje! ¿Busca a los alumnos que se fueron de pinta? ¡Están por acá!

El conserje, enfurecido, comenzó a perseguir al *Trapos*, quien corrió a toda la velocidad que sus piernas le permitían.

Adentro, también con gran apuro, habíamos ayudado a la maestra –quien estaba muy débil– a trepar para salir. Ya casi todos habíamos logrado trasponer el muro; al último venía el *Chango*. El *Satánico*, a pesar del dolor de ojos, le pisaba los talones empuñando su daga. El *Chango*, con su agilidad natural, pisó el tronco-peldaño y remontó el muro. En el último lance, sintió el abanicar de la daga que pasó rozando sin dar en el blanco.

Una vez afuera, todos nos dirigimos apresuradamente hacia la escuela.

El *Chueco*, quien ya borracho perseguía a Santiago, dio un traspié y cayó en un zarzal. Santiago se vio libre y corrió a unírsenos, pues ya nos había divisado. Llegó hasta nosotros sudando y temblando.

Vimos que, a los lejos, se acercaban la directora, varios maestros y Carmela. Esta última, habiendo visto salir al conserje, había pensado que sus amigos corrían peligro y había relatado a la directora todo lo que sabía.

Mientras tanto, el *Trapos* había alcanzado a llegar al mercado en el que trabajaba y en el que tenía muchos conocidos. El conserje había optado por regresar a la famosa cabaña, sólo para percatarse de que la maestra ya no estaba; de que ya no escucharía los cuentos que tanto disfrutaba y de que, quizá, le esperaba la cárcel.

# EL CUADRO
# ROBADO

## VALENTÍN RINCÓN

Era la comidilla en la provinciana ciudad mexicana y la noticia en primera plana de los dos diarios locales. Se habían robado un cuadro del famoso pintor francés Jean Marsé, quien exponía sus obras en la Galería Municipal. El artista estaba indignado y había demandado al gobierno local. Decía: "¡Cómo es posible! En ningún país me había ocurrido esto tan inesperado y bochornoso... ¡Y se lo robaron de las mismas instalaciones del gobierno!". El museo francés que habitualmente albergaba los cuadros de Marsé en París también había demandado al gobierno local, y las autoridades mexicanas investigaban a toda su capacidad. Para acrecentar la complejidad del caso, la compañía francesa de seguros, en la cual estaban asegurados todos los cuadros de la exposición, había enviado a un detective que, con la intención de recuperar la famosa pintura, investigaba en paralelo con la policía local. Él planteaba la posibilidad de que el robo hubiera sido cometido por un ladrón profesional que intentaría venderlo en el mercado negro de objetos artísticos.

El cuadro robado, *Retrato de Francoise*, estaba valuado en cientos de miles de pesos.

Los Descubridores, es decir, Santiago, Felipe, el *Chango*, la *Manzanita*, Carmela y yo, alumnos de quinto y sexto año de primaria, y el *Trapos* –que no iba a la escuela porque trabaja-ba en el mercado–, decidimos investigar.

Nos reunimos y le pedimos a Carmela, quien había visi-tado la exposición con su mamá y su amiga Estela, que nos contara todo lo que había observado ahí.

—Pues... lo que recuerdo –dijo Carmela– es que había dos policías vigilando los cuadros: uno platicaba con una mucha-cha y el otro comía algo como un sándwich o una torta que traía en una bolsa de papel.

—¿Qué más recuerdas? –preguntó alguien.

—Mmhh... Había un montón de cuadros con nubes de co-lores, manchas raras, algunos cuerpos de monstruos o seres como marcianos o de otros planetas... ¡Ah!, dos de los cuadros eran de rostros de mujer: uno de ellos tenía atrás un paisaje con arbolitos y arroyos, y el otro... no recuerdo qué tenía atrás, pero la muchacha retratada se parecía mucho a alguien que conozco... ¿A quién, a quién...? Me acuerdo de esos dos retratos porque fueron casi las únicas pinturas que me gustaron... Bue-no, también me gustó una de unas nubes doradas y verdes...

—Precisamente, el cuadro que falta tiene el rostro de una mujer; se llama *Retrato de Francoise* –dijo Santiago.

—¿Será el que tiene atrás árboles y arroyos? –preguntó el *Trapos*.

—Para saberlo, podemos visitar la exposición –dije.

—Además, quizá averigüemos algo más –añadió el *Trapos*.

A todos Los Descubridores nos pareció emocionante ir a la exposición, y hacia allá nos dirigimos.

Tanto en la entrada como en el interior había policías. Se encontraba ahí Jean Marsé, a quien le pareció fascinante ver a un grupo de niños tan interesados en sus cuadros. Carmela, que ya conocía la exposición, era como la guía. El pintor nos abordó.

—¿Les gusta ver cuadros? –preguntó.

Excepto el *Trapos*, que platicaba con un policía, todos estábamos parados frente al único retrato que quedaba y habíamos observado que tenía como fondo pequeños arbustos y arroyos. En vez de responder al pintor, Carmela le lanzó una pregunta:

—¿Qué tiene de fondo el cuadro que se robaron?

—¡Oh!, veo que están bien informados –contestó Marsé–. El *Retrato de Francoise* tiene como fondo la Catedral de *Notre Dame*... bueno, en español se dice Catedral de Nuestra Señora.

—¡Ah, sí, ya recuerdo...! También me acuerdo de la cara, como si la estuviera viendo y... ¡Ya sé a quién se parece: a María Teresa Culebro, la que fue Reina de la Primavera el año pasado!

El pintor francés se mostró extrañado, y su extrañeza creció al escuchar lo que enseguida le dijo el *Chango*:

—Nosotros somos Los Descubridores y le vamos a ayudar a recuperar su cuadro.

—*Oh là là!* —exclamó el pintor sin dar mucho crédito a lo que oía—. Les voy a agradecer mucho si descubren al ladrón y recuperan mi cuadro. Son unos chicos muy simpáticos... Hasta les regalaría un cuadrito pintado por mí.

—Señor Marsé —se me ocurrió preguntar—, veo que hay pequeñas cámaras de televisión en todas las salas. ¿No quedó grabado el robo del cuadro?

—Debería haber quedado, pero después del robo me vine enterando de que las cámaras sólo grabaron los primeros dos días de la exposición; luego fallaron y ya no grabaron cosa alguna. Ahora están registrando todo nuevamente, pues arreglaron el desperfecto que tenían... Pero el robo no quedó grabado.

Nos despedimos de Marsé, salimos de la exposición y nos fuimos al Parque Central a comprar helados. Sentados frente al kiosco y saboreando sendos helados, comenzamos a comentar lo que se nos ocurría en relación con el robo del cuadro.

—Les quiero platicar algo importante que averigüé —dijo el *Trapos*—: Mientras ustedes platicaban con el pintor, yo me fui a hablar con uno de los policías que cuidan adentro, y me dijo que ya tienen un sospechoso y casi con seguridad es quien robó la pintura. Ya hasta lo habían detenido, pero lo soltaron porque no le pudieron probar nada, aunque lo están investigando los judiciales y el detective francés.

—¿Y quién es ese sospechoso? –preguntó Felipe.

—Sebastián, el *Loquito*.

—¿El que se pone en la esquina de la galería y mientras están los coches en alto hace desaparecer una mascada y luego pide dinero a los automovilistas? –preguntó Carmela.

—Sí, ése que también dice versos en el mercado y luego pide dinero a los marchantes –agregó el *Trapos*.

—No creo que Sebas, el *Loquito*, sea capaz de robar algo tan valioso y tan vigilado –dije.

—Pues, si puede desaparecer una mascada... –observó pensativa la *Manzanita*.

—El policía me contó que un día Sebas entró a la galería y estuvo viendo mucho rato los cuadros y que él, el policía, lo tuvo que regañar porque tocó uno –dijo el *Trapos*.

Los Descubridores conocíamos a Sebastián y no creíamos que él fuera el autor del robo. Sin embargo, acordamos que el *Trapos*, Felipe y el *Chango* fueran al otro día a platicar con él para ver si obtenían alguna información interesante para nuestra investigación. Y continuamos con nuestras deliberaciones.

—¿Dices que la que está pintada en el cuadro robado se parece mucho a María Teresa Culebro? –preguntó la *Manzanita*.

—Sí –contestó Carmela–, a la que vive en la Tercera Norte.

—¿A la que Daniel Corzo, el que estudia para doctor, le llevaba serenatas con marimba? –preguntó Felipe.

—Sí, a ésa.

—Me acuerdo de que Daniel Corzo, según dicen, estaba bien enamorado de ella –comenté.

—Yo oí en el mercado –dijo el *Trapos*–, que ese Daniel le dejó de llevar serenatas con marimba, porque una noche, a media serenata, Don Melitón Culebro, el papá de ella, se asomó por la ventana, echó bala y le gritó a Daniel que no se volviera a parar por allí ni se le acercara a su hija si no quería que las balas se las echara a él.

En ese momento, Carmela hizo un ademán y alzó la mirada como si se acordara repentinamente de algo.

—¿Qué pasa? –preguntó el *Chango*–; ¿de qué te acordaste?

—Me acordé de que Daniel Corzo estaba en la exposición cuando yo fui. Había sacado una cámara grande que tiene y un policía le dijo que estaba prohibido tomar fotos.

—Seguramente le quería tomar una foto al retrato de la que se parece a su querida María Teresa –dijo la *Manzanita*.

—¿No se habrá robado el cuadro el doctorcito Daniel Corzo? –preguntó Santiago.

—No creo que se atreviera –dijo el *Trapos*–. Ese Daniel es muy serio y algo tímido.

—Pues yo creo que sí pudo ser él –dijo la *Manzanita* entornando los ojos–, porque si está tan enamorado de Teresa y ya no puede ni acercársele...

—¡Claro! –exclamé–. Ese cuadro ha de haberle gustado mucho... ¿No creen que hay que investigar eso?

Habían pasado algunos días.

Acerca de la investigación sobre Sebas, Felipe nos contó:

—Le preguntamos al *Loquito* que si había observado algo raro cuando estuvo en la exposición, y nos contestó que lo único raro que vio fueron los cuadros.

El *Chango* agregó:

—También le preguntamos que cómo le hacía para desaparecer la mascada, y nos dijo que usando un dedal hecho de cartón del mismo color que su piel, y que allí ocultaba la tela. Hasta nos mostró el dedal y nos enseñó a hacer el truco.

Concluimos que era muy poco probable que él hubiera sido el ladrón; no había nada que lo incriminara. Si él era sospechoso, cualquier visitante a la exposición lo podía ser igualmente.

Ni la policía local ni el detective francés habían avanzado en la investigación. Los Descubridores habíamos ido a la casa de Daniel Corzo, quien vivía con su anciana madre, pero él no estaba en la ciudad: había ido al poblado donde estaba haciendo su servicio social. Sin embargo, a los pocos días regresó.

Una vez que supimos que Daniel ya estaba en su casa, fuimos a visitarlo. Los encargados de esta misión fuimos Carmela, la *Manzanita* y yo.

Le hicimos creer que éramos los que hacíamos el periódico escolar y que estábamos entrevistando a algunos visitantes a la exposición de la cual se habían robado el cuadro *Retrato de Francoise*. Observamos que se puso muy nervioso, pero nos invitó a pasar a su casa.

Contestaba casi todas las preguntas con monosílabos o con vaguedades y, conforme avanzaba el interrogatorio, se ponía más y más nervioso.

—¿Cuántas veces fuiste a la exposición?

—Tres veces.

—¿Notaste algo extraño?

—No, nada.

—¿Te gustó algún cuadro más que los otros?

Hizo una pausa, titubeó y luego contestó:

—No, todos me gustaron igual.

—¿Notaste que había pequeñas cámaras de televisión grabando todo?

Se sobresaltó visiblemente y nos respondió que no lo había notado.

Después de plantearle otras preguntas intrascendentes, nos despedimos del ahora preocupado Daniel Corzo.

Al otro día, nos reunimos Los Descubridores. Todos estábamos de acuerdo en que había razones para sospechar de Daniel y afinamos nuestra estrategia.

Fuimos a su casa nuevamente. En cuanto el doctorcito abrió la puerta, Felipe, a quien por su voz fuerte y grave habíamos escogido para esto, le soltó a boca de jarro:

—¡Nosotros sabemos quién se robó el cuadro, y tú también lo sabes!

Nos quedamos todos viéndolo, y él, muy sorprendido, empezó a hablar, casi tartamudeando:

—S... sí, yo sé quién lo robó, pero les pido... les suplico que no lo delaten. Él quiere devolverlo, pero tiene mucho miedo de ser castigado, de ser tomado preso... Pero lo va a devolver... Nunca quiso hacer ningún daño; sólo quería tomarle fotografías.

Nos volteamos a ver entre nosotros. No nos habíamos imaginado que lograríamos esa sorprendente y repentina confesión.

—¿Y cuándo lo devolverá? –preguntó la *Manzanita*.

—Hoy es viernes... Pasado mañana, domingo, aparecerá en la exposición.

Volvimos a vernos entre nosotros.

—Déjanos hablar a solas un momento –le dije.

Se metió a su casa y cerró la puerta.

Concluimos que él había robado el cuadro. Carmela y Felipe opinaban que deberíamos delatarlo. Alguien apuntó que no teníamos pruebas; pero la mayoría habló de que Daniel parecía tener buenas intenciones, y de que era conveniente darle la oportunidad que pedía *para su amigo*. Finalmente convencimos de esto a Carmela y a Felipe, que dudaban aún, y ya hubo unanimidad. Tocamos el timbre; Daniel salió y Felipe le dijo:

—Está bien; esperaremos hasta el domingo, pero si el cuadro no aparece en la exposición, como tú dices que será, vamos a delatar al ladrón.

—Sólo les pido que esté presente el pintor –suplicó Daniel.

De inmediato acudimos a la exposición y hablamos con el pintor, que afortunadamente estaba allí. Le manifestamos que sabíamos que el cuadro robado aparecería el domingo en la exposición. Marsé sonrió, seguramente incrédulo, y nos preguntó, un poco burlón:

—¿Aparecerá aquí por arte de magia?

—Sea como sea, aparecerá –le respondí.

—¿Y ustedes cómo saben?

—No te podemos decir cómo, pero estamos seguros de que aparecerá. Debes estar presente.

Aunque Marsé dudaba, le comunicó a la policía todo lo platicado con nosotros, como pudimos observar más tarde.

El domingo, en la exposición –que ese día gozaba de un nutrido público– había varios policías; estaba el detective francés, dos funcionarios del gobierno, el pintor Jean Marsé y, por supuesto, Los Descubridores. Notamos que varios policías nos vigilaban; el pintor, aunque se portaba amigable, no se apartaba de nosotros. La exposición se había abierto al público a las diez de la mañana y ya era casi la una de la tarde.

De pronto, un niño pequeño –el hijo del señor que vende tamales afuera de la galería–, acompañado por un policía, se acercó al pintor.

—Él es el pintor –le dijo el policía al niño.

—Un señor de allá afuera me dijo que le entregara a usted esto –dijo el niño, y sacó de su bolsa un papel.

El papel decía: "El cuadro que buscan está afuera, lo tiene el señor de los tamales".

—¡Busquen al hombre que le dio este recado al niño! –gritó Marsé, y agregó dirigiéndose a éste– ¿Cómo era ese hombre?

—Tenía barba, bigotes, lentes oscuros y un abrigote.

Varios policías corrieron hacia afuera en busca del hombre descrito. También Marsé, nosotros y otros policías salimos para ver si el vendedor de tamales tenía el cuadro. Efectivamente lo tenía, bien envuelto en papel periódico. Al preguntarle del porqué de su posesión, relató:

"Un señor de barba, boina, lentes oscuros, guantes y abrigo me dijo, a la vez que me daba un billete de veinte pesos y me entregaba este bulto: 'Guárdame este paquete y se lo entregas al señor Jean Marsé, que vendrá por él. Yo tengo prisa porque voy a ver a mi esposa, que está enferma'. Después le dio a mi hijo un papel, quién sabe qué tanto le explicó y le dio una moneda. Salió casi corriendo... y me pareció rarísimo que con este calor trajera ese abrigo y guantes."

El pintor, al percatarse de que efectivamente se trataba del *Retrato de Francoise*, lo llevó al interior de la exposición. Allí, el jefe de los policías le dijo que no lo tocara más porque había que buscar huellas digitales.

La investigación que hicieron la policía y el detective francés a partir de aquí consistió en varias acciones: buscaron (sin encontrar) huellas digitales en el cuadro; interrogaron a Sebastián –el *Loquito*–, quien, dijo, había estado desapareciendo su mascada cuando el hombre misterioso del abrigo entregaba el bulto al tamalero e instruía al niño. El interrogatorio al *Loquito* sólo permitió a la policía enterarse de que el hombre del gran abrigo había dejado éste, junto con los lentes oscuros, los guantes y una boina, atrás de una carcacha por mucho tiempo abandonada cerca de la galería. También nos interrogaron largamente a Los Descubridores, pero nunca les dijimos cómo nos habíamos enterado de que el cuadro aparecería, ni les hablamos de Daniel Corzo.

El pintor estaba muy agradecido con nosotros, quienes le recordamos que nos había prometido un cuadrito. Nos dijo, entonces, que fuéramos al hotel en el que se hospedaba. Fuimos y comenzó a pintar un retrato de la *Manzanita*. Acudimos varios días, al cabo de los cuales terminó el cuadro y nos lo dio. En el cuadro la *Manzanita* tenía una expresión pícara y el fondo representaba unos árboles de manzana. Nos entregó la obra y estuvimos de acuerdo en que la dueña de esta fuera quien estaba retratada.

El *Trapos* le dijo al pintor que conocíamos a una muchacha muy guapa que era casi idéntica a la que estaba retratada en el cuadro robado, y le indicamos dónde vivía María Teresa Culebro.

Supimos que Marsé se puso en contacto con ella y la contrató para posar para un cuadro. Después, cuando el retrato estuvo terminado, nos invitó a donde se alojaba para mostrárnoslo. Nosotros, a nuestra vez, invitamos a esa presentación a Daniel Corzo, quien llegó con su cámara fotográfica. El cuadro era hermoso y María Teresa Culebro, en él, mostraba su belleza. El fondo de la pintura representaba una tupida selva. Daniel, previo permiso del pintor, le tomó al cuadro setenta y cinco fotografías.

# FANTASMAS DE ÁMBAR

## RAYMUNDO ZENTENO

**L**os arroyos bajaban fríos de la montaña, saltando, salpicando, formando cascaditas y remolinos, escurriéndose por piedras verdes y metiéndose por acá y saliendo por allá, ante la mirada de millones de animalitos y plantitas curiosas. En las partes más bajas los arroyitos tienen ojos y en los ojos pupilas, donde se podía ver el reflejo del cielo, de los cerros y de las mulas que se paraban a beber muertas de sed. Y por fin, cerca de Huitiupán, todos los arroyos formaban el gran Río de Catarina, donde flotaban sobre su panza espumas blancas de jabón azul.

Las mamás, con las chichis desnudas y la punta del pelo mojado, no se cansaban de chicotear las piedras con ropa enjabonada. Belito y Copoche, haciendo como que jugaban a las perseguidas, agarraron camino hacia una cueva que vieron la última vez que estuvieron en el río. Y hasta ahí llegaron.

—¡Entrá vos primero, Copoche!

—¡Ah, burro...! Si vos sos el más grande.

—¡Eso quiere decir que yo mando!

—¿Y si me pica un alacrán?

—Si caso hay.

—¿Cómo lo sabés si está oscuro?

—Entremos juntos, pues.

—Bueno...

La cueva era una minita de ámbar donde, adentro, unos señores apagaron sus lámparas cuando oyeron voces:

—*Psst*, Agustín –dijo despacio el Artemio–. ¿Ya oíste?

—Si vos, mirá. Son dos chamaquitos –dijo con los dientes, que apenas se veían.

—¿Qué será bueno que hagamos?

—¡Vamos a zamparles una su regañada! Para que ya no anden viniendo por acá.

—¡No vos, pérate! –pensó malvado el Artemio–. Mejor los freguemos.

—¿Y cómo, vos?

—Metámosles una espantada –agregó inteligente.

—¡Cabal...! –respondío el Agustín echando toda la risa adentro de su camiseta negra para que no lo oyeran.

Copoche y Belito, agarrados de la mano, asomaron la nuca con miedo, pero como ya estaban casi adentro acabaron de meterse con sus pies descalzos. El Agustín, de un brinco, tapó la entradita con su cuerpo. "¡Ay, ay..." gritaron los niños mudos de miedo, abrazándose con todos los dedos y apretando los dientes chimuelos. El corazón les hacía así de rápido.

—¡¡Sileencios!! –gritó el Artemio con voz de espanto–. ¡Diije que sileencios... si no se callan me los vooy a coomer!

Los niños seguían gritando, pero ahora con lloro.

—¡¡Que se callen, pues!!

—¿Quién es usté, señor? –preguntó valiente Belito, con la boca temblorina.

—Soy el jantasma del río Catarina y aquí es mi casa.

—Perdone usté señor…, pero caso sabíamos, pues –dijo despacio Belito, y se puso a llorar más fuerte pero cuidando de no hacer mucho ruido para no enojar al fantasma.

—Voy a dejar que se vayan, pero si vuelven a venir, me los trago a los dos juntos, pero antes los descuartizo en mil pedazos. Y si le platican a las gentes que aquí hay una cueva, voy a ir a pelliscarles el jundío cuando estén durmiendo.

—Sí, ya nos vamos y no le vamos a decir a nadie –dijo Copoche, agarrándose la nalga.

Como el Artemio vio que los niños derramaban mucho llanto, se le empezó a enjutar de lástima el corazón.

—¡Ya, ya, ya no llorar, porque voy a perdonarlos! ¡Pero deben agarrá camino orita mismo!

El Agustín se alejó de la entrada, entró la luz y Belito y Copoche se aventaron hacia la salida, tropezando uno con el otro, y corrieron hacia el río sin que sus pies hicieran caso a las piedritas que miraban picudas para arriba.

II

Al otro día, el domingo, los dos se fueron a la iglesia bien peinados con brillantina, cantaron sin platicar y hacían todo lo que los adultos les decían que hicieran. El lunes se portaron serios y aplicados en la primaria. En la noche cada uno se fue a dormir temprano. Parecido fue el martes y el miércoles. El jueves tenían ganas de contar todo a sus amigos, pero mejor

no, por precaución, y se conformaron con platicar entre ellos lo sucedido. El viernes Belito se rio nervioso el día entero nomás de acordarse, y fue hasta entonces que Copoche se atrevió a dormir solo en su cama de petate con cobija de cuadritos amarillos. El sábado, como todos los sábados, se los llevaron a lavar ropa al río Catarina.

## III

Barcos de espuma navegaban rumbo a la corriente.

—Copoche –dijo Belito–, vonós a la cueva.

—¡Cómo vas a crer!

—Si sólo vamos a mirar de lejos.

—¿No nos dijo el fantasma que no fuéramos?

—Sí, pero lo que le enojó fue que entráramos. De lejitos ni siquiera nos va mirar.

—Andá vos, si querés.

—Ta bueno, pues. Si sos miedoso, mejor quedate con tu mamá.

Belito caminó despacio, esperando que Copoche se arrepintiera, porque ni de loco hubiera ido solo. Copoche, más por orgullo que por ganas, dijo que sí iría con él...

—Pero no vamos a llegar hasta allá. Te acompaño, si querés, pero sin que nos acerquemos mucho.

Agarraron unas varas, metieron piedras en sus bolsas y se fueron riendo con los ojos nerviosos, se molestaban sólo por jugar. Se fueron acercando poco a poco y vieron que cerca de la cueva había un árbol de mango verde. Dejaron abajo las varas y se treparon al árbol, porque se les antojó comer mango sin sal y limón.

—Copoche –dijo Belito– le tiremos un mangazo a la cueva.

—No, Belito –dijo serio Copoche–, si seguís así mejor me regreso.

—Ah, pues yo sí le tiro –dijo Belito, engañando. Cortó un mango y, cuando hizo así el codo como para tirar, de la mina salió el Artemio y detrás el Agustín, hablando con una voz parecida a la del fantasma.

Los ambareros arrimaron la cubeta, se quitaron la tierra de las manos con agua de tecomate, destaparon sus refrescos y se pusieron a comer machetillos de frijol con chile. Hablaron de qué casi no habían encontrado ámbar, de que ya mero las lluvias, de que al Agustín se le estaba poniendo muy fiera una herida de su mano derecha, de que al Artemio ya le iba a nacer una hembrita. Platicaron también de la espantada que le metieron a los chamacos la semana pasada. Copoche y Belito oyeron todo respirando despacio, esperaron a que se metieran los hombres a la cueva y dijeron que iban a inventar un plan para vengarse. Se bajaron del árbol y se fueron.

IV

Las mamás, con las chichis desnudas, tallaban la ropa sobre la piedra. Belito y Copoche, con cara de sospechas, se fueron a la mina nerviosos de gusto.

—¡Ay, ay, Copoche –dijo fuerte Belito cuando llegaron a la cueva–, qué bueno que ya llegamos porque estoy muy cansado!

—¡Ay, Belito, yo también!

Adentro se apagaron las luces y las voces.

–Ojalá que el fantasma esté en su casita para agradecerle –dijo Belito con voz exagerada.

—Sí, y por eso le trajimos su regalito.

Adentro los ambareros oyeron quietos.

—Ya lo oíste, Agustín; ayestán estos babosos, y dicen que me traen un regalo.

—Abusivo que sos: ¡nos traen! Yo también ayudé. Pero contestales, pues.

—¡Aquístooy adeentro de la cueeva! –dijo el Artemio, con una bocina de manos.

—Señor fantasma –dijo Belito, que se estaba poniendo más nervioso–, fíjese que le traemos un regalo por buenagente ques usté, que ni nos quiso espantar en la noche.

—¿Y de queeés el regaliiito?

—Es una cajita con moño y adentro viene el regalo.

—Meteeete, pues, y traéeemelo.

—Ah, no, porque me da miedo.

—Dejaalo en lentrada, pues, y graac...

El Artemio no pudo acabar de agradecer porque ya no aguantó la risa, y el Agustín también, y por eso se apuyaron la pierna con un fierro y se pellizcaron para que el dolor les espantara el reír.

Desde adentro, los ambareros vieron agachados cómo Belito sacó el regalo de una bolsa de plástico y Copoche sacó otra cajita de donde agarró un palito. Vieron también como encendieron el palito y prendieron la mecha de la cajita, que era un paquete de cuetes, y vieron espantados cómo la tiraron adentro de la cueva con tamaña tronazón. Pero ya no alcanzaron a oír las voces de los niños que gritaban: "¡Aquistá el regalitoseñor fantasma!" Y tampoco los vieron correr de huídas hacia el río, porque estaban brincando de quemazón de pies y gritando de espanto, y ni podían salir ni se les veía la cara de tanto humo de pólvora.

Un rato después, Belito y Copoche jugaban muy contentos en el agua. Sus mamás no lograban adivinar ¡por qué tanta risa, chamacos!

# DULCES DE PILONCILLO

## RAYMUNDO ZENTENO

**P**ero eso sí, cuando yo sea grande voy a estudiar para inventor, y voy a inventar una resortera que tire piedras especiales que no maten a los pajaritos y sólo los atarante; y también un aguardiente que alegre a los señores, pero que no les dé por zopapear a sus hijos ni les provoque gómitos olorosos; y si me da tiempo, voy a inventar carros que no se descompongan, porque éste sigue fallando."

La cabeza de *Perico* estaba a punto de imaginar un guante mágico para sacar de la televisión a todos los personajes con los que quisiera uno jugar, y también un motorcito para que no se le acabara nunca la cuerda a los yoyos, pero no le dio tiempo, pues su coche empezó a cojear más fuerte del cloch y a dar brincos del escape. Se estacionó para revisar el motor frente a la casa de doña Nacha Perjunes.

—Ay, Dios mío... –suspiró doña Nacha– *Aysh*.

—¿Qué tiene, doña Nachita? –preguntó *Perico* con las wcejas así.

—Nada, *Perico* –respondío.

—¿Y por qué hace así, ay, *aaysh*, como si acabara de haber llorado?

—Por nada, *Perico*.

La última respuesta tampoco convenció a *Perico*, pues siempre veía a doña Nacha con los cachetes llenos de risa; pero ahora no dejaba de suspirar sentada en su silla de madera, abrazándose sus brazos gordos y viendo hacía ningún punto fijo, porque ni había, sólo casas, cerros y nubes.

—Si quiere le cuento un cuento para que se alegre.

—No, *Periquito*, estoy bien... Aay, *aysh*, Jesús...

*Perico* apagó su coche, que era una caja de cartón con dos agujeros por donde sacaba las piernas, subió al corredor y se dispuso a resolver el problema doble: el hecho de ser ignorado y la tristeza de doña Nacha.

Con las manos alegres empezó a decir:

—Y éste es el cuento de Corintio, un sapo del circo gringo, que se volvió famoso porque aprendió a caminar sin brincos y, como lo hacía mejor que la gente, lo ponían a cruzar la cuerda floja a mil metros de altura y sin redes protectoras para mayor espectacularidad. Un hambriento día, cuando iba a la mitad del camino, una mosca pasó por su lado izquierdo, a un salto de distancia y, ¡zaz...! la atrapó.

*Perico* contó otros dos cuentos, pero doña Nacha seguía igual de triste.

—¡Ya sé! –dijo *Perico*–. ¡Voy a realizar una actuación teatrálica que despierte el interés del público aquí presente!

Y comenzando por un viejo vagabundo que se llamaba don Chino, *Perico* imitó también al cura, al paletero, a la directora de la escuela primaria y a Majoncho, un muchacho que se creía cangrejo. Hizo también como que le daba un ataque mortal, como que se volvía La Llorona, pero... nada: el ambiente seguía igual.

—Aah, aah, *aaaysh*.

*Perico*, que nunca se daba por derrotado, estaba dando vueltas frente a la sufrida pensando en su siguiente ataque sicológico. Con las manos en la cintura caminaba hacia adelante, hacia atrás, hacia adelante…, y de pronto, ¡*zaz*!, que se le acaba la orilla del corredor y ¡*plotz*!, que se cae sentado sobre la huella calientita y redonda que dejó una vaca pinta llamada Tiajuana, que acababa de pasar por ahí.

A *Perico* se le empezó a apucherar la cara, las cejas de doña Nacha se levantaron espantadas; los ojos de Perico empezaron a mojarse, a doña Nacha se le escondieron los suspiros. Cuando el pecho de *Perico* se infló bien hondo para soltar el llanto, a doña Nacha se le escapó una carcajada sangolotera, tan intensa que la silla empezó a rechinar de miedo.

Cuando *Perico* se dio cuenta de que sin querer había logrado su objetivo, en su adentro apareció una enredadera de emociones: risas empapadas con lágrimas.

Doña Nacha, riendo todavía, levantó al niño, lo metió a su casa y le limpió las partes accidentadas. Como de pronto se acordó de su pena, las lágrimas de la risa las aprovechó para desahogar su tristeza. Se acordaba de la caída y volvía a reírse; se acordaba de su pena y volvía a llorar.

Entre llantos, risas y dolor de panza, doña Nacha perfumó a *Perico* y lo despidió con dulces de piloncillo, pero no le dijo nada porque ni hablar pudo.

*Perico* dijo que gracias, que estaban bien sabrosos, que se verían luego. Llegó hasta su carro, lo encendió con un palito y se fue más tranquilo porque el motor ya no sonaba extraño.

—Pero eso sí, cuando yo sea grande voy a convertirme en un sacerdote que haga misas alegres para que no se aburran los niños cuando sus mamás los lleven a la fuerza. Y también…

*Perico* no pudo terminar su pensamiento porque divisó a su mamá que, preocupada por la tardanza, lo esperaba en la puerta de su casa con su mandil amarillo.

# CUEN
# TERO

**termínó de imprimirse en 2015
en Criba Taller Editorial, S. A. de C. V.
Calle 2 número 251, colonia Agrícola Pantitlán,
delegación Iztacalco, 08100, México, D. F.
Para su composición se usaron
las fuentes Clarendon y Rosewood.**